KB148906

시시詩視한 인생

시시詩視한 인생

일상에서 길어 올린 삶의 지혜 70가지

고석근 지음

아이퍼블

시시한 인생,

하지만 시(詩)의 눈으로 보면(視) 전혀 다른 세상이 펼쳐집니다.

일상의 소소한 것들이, 삼라만상이 눈부시게 빛나기 시작합니다.

속(俗)과 성(聖)은 원래 하나이니까요.

우리의 일상은 소소하고 지극히 속물적인 동시에 진리가 구현되는 거룩한 자리이니까요.

저는 인간은 두 세계를 자유롭게 넘나들며 살아야 한다고 생각합니다.

우리의 육체는 얼마나 소중한가요? 육체로 살아가는 삶은 얼마나 신나는가요? 하지만 이 육체는 시간이 지나면 사멸해 갑니다.

하지만 우리 안에는 인도의 시바의 춤으로 상징되는 시작도 끝도 없는 영원한 생명인 영혼이 있습니다.

육체로 사는 삶과 영혼으로 사는 삶, 두 개의 삶을 함께 살아야 인간은 멋진 인생을 살아갈 수 있다고 생각합니다.

저의 '시시詩視한 인생 – 일상에서 길어 올린 삶의 지혜 70가지'가 두 세계의 사잇길을 밝히는 작은 등불이 되기를 간절히 소망합니다.

고 석근

| 차 례 |

10부 결혼

1부

나와 우주

언어는
하나의
세계관이다.

- 훔볼트

나와 우주

언어는 하나의 세계관이다. - 훔볼트

서양인들이 큰 배를 타고 남아메리카에 처음 도착했을 때, 원주민들은 그 배들을 아예 보지 못했다고 한다.

그들은 한 번도 배를 보지 못했기에(마음에 배라는 언어가 없었기에), 보아도 보이지 않은 것이다.

우리 마음에 없는 것은 바깥에 보이지 않는다(없다). 저 우주는 우리 마음의 작용이다. 우리의 '인식의 틀'에 저 우주가 있어 밖에 보이는 것이다.

현대양자물리학에서는 '관찰자 효과'를 얘기한다. 우리가 관찰하면 바깥에 물질세계가 나타난다는 것이다.

현대과학의 아버지 아인슈타인은 말했다. "우리가 물질이라고 부르는 것들은 실은 에너지이고, 에너지 중에서 우리가 지각할 수 있을 만큼 파동이 낮아진 것들이다. 물질이란 것은 없다."

우리가 보지 않을 때는 저 우주는 우리가 뭐라고 말로 표현할 수 없는 '에너지의 장(場)'으로 존재한다.

따라서 우리가 보고 있는 이 우주, 물질세계는 자신이 만든 가상세계다. 흡사 인터넷 공간처럼 각자의 가상의 공간에서 우리는 살아가고 있는 것이다.

우리는 자신이 죽으면 이 우주, 이 세상은 그대로 있고 우리 한 사람만 사라진다고 생각한다.

착각이다. 동시대에 사는 사람들은 같은 인식의 틀, 패러다임을 가졌기에 우리는 한 우주에서 살아가는 것 같이 보이는 것이다.

그래서 우리 눈에 죽어가는 사람이 이 세상에서 그 혼자 사라지는 것 같이 보이는 것이다. 우리 눈의 착시 현상이다. 우리의 뇌가 지어낸 허상이다.

한 사람이 태어난다는 건 하나의 세계가 탄생하는 것이고, 그가 죽으면 하나의 세계가 사라지는 것이다.

우리 눈에 분명히 보이는 이 우주, 삼라만상은 객관적으로
존재하는 게 아니라 '관찰자의 마음'의 작용이다. 관찰자의
눈에 보이는 것들은 관찰자가 창조한 것들이다. 모든 인간
은 각자의 세계를 창조한 신(神)이다.

　사람들은 산이 달보다 크다 말하네
　만일 하늘처럼 큰 눈 가진 이가 있다면
　산이 작고 달이 더 큰 것을 볼 수 있을 텐데

　- 왕양명,《산에서 보는 달》부분

인간에게 세상을 보는 눈, 관점은 하나의 세계다. 하나의 관
점은 하나의 세계를 창조한다.

나와 인류

하나는 전체요 전체는 하나다. – 화엄경

한 여인이 죽은 아기를 안고 다니며 사람들을 붙잡고 하소연을 했다. "아기를 살려 주세요." 그때 누가 그 여인에게 일러주었다. "부처님에게 찾아가 보세요. 부처님은 사람을 살려낸다고 합니다."

그래서 여인은 죽은 아기를 안고 부처님을 찾아갔다. "부처님, 아기를 살려주세요." 그러자 부처님께서는 "그래, 살려주마. 그런데 한 가지 조건이 있다. 초상나지 않은 집에 가서 겨자씨 한 알을 구해 오너라. 그러면 아기를 살려주겠다." 여인은 아기를 살리겠다는 일념으로 부리나케 달려 나갔다.

하지만 여인은 초상나지 않은 집을 찾을 수가 없었다. 헤매어 다니다 여인은 문득 깨달았다. '아, 사람은 누구나 죽는

구나!' 여인은 부처님에게 돌아가 불교에 귀의했다.

모든 사람은 죽는다는 당연한 사실 앞에서 여인은 아기의 죽음을 받아들일 수 있었던 것이다.

우리가 무슨 일로 견딜 수 없이 괴로울 때, 모든 사람이 그것 때문에 괴로워한다는 사실을 알면 우리는 괴로움을 견뎌낼 수 있다.

그런데 우리의 고통을 가만히 살펴보면 '나만의 고통'은 없다. '모든 인간의 고통'이 있을 뿐이다. 한 사람은 모든 사람인 것이다.

따라서 괴로움이 밀려올 때 고요히 자신의 마음을 살펴보고 있으면 고통이 서서히 가라앉는다. 그것은 '나의 고통'이 아니기 때문이다.

  아아, 우리는 강물이었어라
  그 어떤 칼날로도 벨 수 없는
  멀리멀리 강물이었어라.

   - 김준태, 《노래여, 노래여》 부분

'나의 고통'에서 벗어난 인간은 인류의 고통을 품는다. 천지 자연의 운행에 맞춰 살아가게 된다.

나는 타자다

새는 알 속에서 빠져 나오려고 싸운다. 알은 세계이다. 태어나기를 원하는 자는 하나의 세계를 파괴하지 않으면 안 된다. – 헤르만 헤세

'대화가 부족해!' 우리는 항상 대화에 굶주려 있다. 하지만 우리가 생각하는 대화가 정말 대화일까?

일본의 석학 가라타니 고진은 말한다. "대화란 가르치고 배우는 것이다."

우리는 대화를 '서로의 마음을 주고받는 것'이라고 생각하기에 마음이 맞지 않는 사람과는 아예 상종조차 하지 않으려 한다.

그런데 고진은 그런 대화는 독백(monologue)이라고 말한다. '하나(mono)의 말의 법칙(logue)'만 있기 때문이다.

우리가 마음이 맞는 대화라고 생각했던 것들은 사실 독백이

었던 것이다. 그래서 우리는 그렇게도 많은 대화를 했건만 돌아서고 나면 마음이 허전했던 것이다.

대화(Dialogue)란 '둘(dia)의 말의 법칙(logos)'이 만나야 가능했던 것이다. 대화란 '마음이 맞는 사람'끼리는 애초에 불가능했던 것이다.

그런데 왜 우리는 자꾸만 마음이 맞는 사람과 만나고 싶어 할까? 편하게 살고 싶어서일 것이다. 하지만 편하게 사는 것은 진정한 행복이 아니다.

고대 그리스의 철인 아리스토텔레스는 말한다. "행복은 자신의 '이성(理性 logos)'을 탁월하게 가꾸어야 가능하다."

자신의 이성을 탁월하게 가꾸어 갈 때 우리는 비로소 자신의 깊은 내면에서 충만해 오는 행복을 느낄 수 있다는 것이다.

자신의 이성을 탁월하게 가꾸어 가려면 우리는 끊임없이 남(타자)과 대화를 해야 한다. '말의 법칙(理性 logos)'이 다른 사람과 만나 서로 배우고 가르쳐야 한다.

마음이 맞는 사람과 만나고 싶은 것은 유아(乳兒)의 유아(唯我) 심리일 뿐이다. 오로지 자신밖에 모르는 아기는 끊임없이 자신을 알아주는 사람만 좋아하는 것이다.

우리는 우리 안의 아기와 단호히 결별해야 한다. 전혀 다른 우주를 가진 사람과 만날 수 있어야 한다. 그럴 때 우리는 성숙한 한 인간이 된다.

> 한 쌍의 질문을 새장 속에 가둔다. 시금치를 먹고 크는 질문 한 쌍. 멸치를 먹고 크는 질문 한 쌍. 모이를 줄 때마다 궁금한 얼굴로 묻는다. 우리는 언제 날 수 있죠? 언제 대답이 되죠?[......] 질문들은 스스로 대답을 낳는다. 새장 속에 한 개의 둥근 대답이 있다. 스무 날 품은 대답. 의혹이 품은 대답. 대답 속에서 촉촉한 질문 하나가 태어난다.
>
> – 조말선, 《매우 가벼운 담론》 부분

하나의 알 속에서 스스로 질문하고 답하는 독백만 하는 삶. 그래서 우리들의 삶이 무미건조하고 허무하기만 했던 것이다.

우리는 알을 깨고 나와야 한다. 그리고 날아올라야 한다. 나와 네가 만나 무궁무진하게 생성해 내는 세계로.

자신에 대한 믿음

의식세계는 일종의 착각이거나 하나의 가상적인 일정한 목적을 위해서 만들어진 현실이다. – 칼 구스타프 융

한 중년 주부에게서 들은 얘기다. TV를 켜놓은 채 잠을 자고 있었는데, 꿈속에서 고등학생이 된 아들이 TV를 보며 공부를 하고 있더란다. 그래서 편히 잠을 잘 수가 있었단다.

처음에는 TV 소리가 성가셨을 것이다. 어떡하나? 잠을 깨고 일어나 TV를 끄면 잠이 달아날 텐데, 고민하다 그녀의 몸은 명답을 내놓았다. 대입 준비생인 아들이 공부하는 걸로 하자!

아들이 TV를 켜놓고 공부하는데, 시끄럽다고 생각하는 어머니는 없을 것이다. 그래서 그녀는 평안히 잠을 잘 수가 있었던 것이다.

우리 몸은 이렇게 지혜롭다. 컴퓨터로 보면 어느 정도의 급

일까? 항상(낮이나 밤이나) 깨어 있다. 우리가 의식적으로는 자신이 깨어있다는 것을 모르고 있을 뿐이다.

그래서 우리는 어떤 문제에 부닥쳤을 때는 자신의 몸에게 귀를 기울여야 한다. 밖에서 답을 찾으려고 하지 말아야 한다.

우리 몸은 최선의 답을 찾아낸다. 어느 순간 몸이 답을 준다. 정신을 바짝 차리고 항상 귀를 기울이고 있어야 한다.

그래서 우리는 평소에 자신의 생각 속에 빠져 있지 말아야 한다. 그러다가는 몸이 주는 답을 모르고 지나칠 수 있다.

우리는 그냥 즐겁게 살면 된다. 밥을 먹을 때는 밥 먹는 즐거움을 한껏 누리고, 길을 걸어갈 때는 걷는 즐거움을 한껏 누리고, 가만히 있을 때는 일 없음을 마냥 즐기고…… .

우리는 인생의 의미를 알려고 하지 말고 살아 있음의 환희를 느껴야 한다. 어려운 문제는 우리 몸이 알아서 다 해결해 주니까.

신화에서 보면 영웅들은 수수께끼를 풀고 영웅이 된다. 이때 그들은 항상 자기만의 독특한 방법으로 수수께끼를 푼다. 항상 답은 밖에 있는 게 아니라 자신 속에 있는 것이니까.

로댕의 '생각하는 사람' 같은 자세로 자신에게 귀 기울이면 풀지 못할 인생의 수수께끼는 없다.

> 마음속의 풀리지 않는 모든 문제들에 대해
> 인내를 가져라
> 문제 그 자체를 사랑하라
> [......]
> 그러면 언젠가 먼 미래에
> 자신도 알지 못하는 사이에
> 삶이 너에게 해답을 가져다 줄 테니까
>
> – 라이너 마리아 릴케,《젊은 시인에게 주는 충고》부분

우리가 풀리지 않는 문제를 인내를 갖고 사랑하고 있으면, 우리 안의 영혼이 해답을 찾아준다.

일상의 문제는 머리로 답을 찾아도 되지만, 인생의 큰 문제는 반드시 기다려야 한다. 내면의 소리를 들어야 한다.

산다는 것은

사람들은 우리 인간이 궁극적으로 찾고자 하는 것은 삶의 의미라고
말하지만 진실로 찾는 것은 살아 있음의 경험이다. - 조셉 캠벨

한 초등학교 교장이 여교사 화장실에 불법 촬영 카메라를
설치해 경찰에 긴급 체포됐다고 한다.

체포되는 순간, 그 교장은 자신이 얼마나 황당했을까? '아,
이건 꿈이야! 내가 이런 사람이 아니잖아.'

그는 아마 착하게 살아왔을 것이다. 부모님 말씀도 잘 듣고,
공부도 잘하는 모범생이 아니었을까?

그러다 교대를 나와 교사가 되고 교장이 되어 뭇 사람들의
인정을 받게 되었을 때, 그는 '삶의 의미'를 생각했을 것이
다.

'모범적인 교육자로서 나는 잘 살고 있어. 이게 인간이 살아

가는 의미가 아니겠어?'

하지만 산다는 것은, 신화학자 조셉 캠벨은 말한다. "삶의 의미가 아니라 인간이 진실로 찾는 것은 '살아 있음의 경험'이다."

그는 '살아 있음'을 경험했을까?

'아니 왜 이렇지? 도무지 사는 게 신이 안 나잖아.' '이게 사는 거겠지.' '다들 이렇게 살지 않나?'

그는 하루하루를 '오늘도 무사히…….' 기도하며 버텼을 것이다.

하지만 그가 일생 동안 꼭꼭 누른 육체가 가만히 있지를 않는다.

한번 '살인의 손맛'을 맛본 살인자는 또 살인을 한다고 한다. '살아 있음의 경험'은 이리도 무섭다.

낚시꾼도 손맛 때문에 계속 낚시를 한다고 하지 않는가? 그 맛을 모르는 사람은 '저게 무슨 재미가 있다고?' 중얼거릴 것이다.

'몰래 카메라의 손맛'을 안 그는 끊을 수가 없었을 것이다.

인간은 살아 있음을 경험해야 한다. 이 맛을 모르는 아이들은 팔에 칼을 긋지 않는가?

건강한 삶의 맛을 느끼고 사는 사람이 얼마나 될까?

삶의 맛을 몰라 삶의 허무, 권태를 느끼는 많은 사람들이 일중독, 술중독에 빠져든다. 소비의 향락에 빠져든다.

아이들은 항상 살아 있음을 경험한다. 살아 있음의 환희를 느낀다. 아이들의 '미적 감수성'을 회복하지 않고는 우리는 불행한 삶을 살아갈 수밖에 없다.

일벌레가 된 사람들은 자신들에게 속삭인다. '이게 삶의 의미야!' 유쾌한 척 깔깔거리며.

도스토예프스키 [죄와벌] 조셉 콘래드 [로드 짐] 밀란 쿤데라 [참을 수 없는 존재의 가벼움] 무라카미 하루키 [상실의 시대]알랭 드 보통 [로맨스] 베르나르 베르베르 [타나토노트] 마그리트 뒤라스 [이게 다예요] 박상륭 [죽음의 한 연구] 송대방 [헤르메스] [......]

여전한 것은 나의 육체, 이 무게, 이 안녕, 이 탐욕
책이라는 메마른 종잇장들에 좀처럼 길들지 않으려는 내 육체
번성하는 이 육체보다 늘 모자란

나의 독서

- 이선영, 《나의 독서》 부분

우리는 이성으로 육체를 다스릴 수 있다고 배웠다. 많은 사람들이 성공하여 사회적 지위를 차지하고 안락한 삶을 누리고 있다.

그런데, 스멀스멀 육체가 가만히 있지 않는다. 육체의 요구는 사채업자 같다. 한번 걸려들면, 영혼을 내어줄 때까지 따라다닌다.

이따금 영혼을 내어주어 한순간에 나락으로 떨어지는 사람들이 있다.

지랄 총량의 법칙

청춘시대에 갖가지 우행을 경험하지 못한 사람은 중년이 되어 아무런
힘도 갖지 못할 것이다. - 노신

설총이 평생 지니고 살아야 할 좌우명을 아버지 원효대사에
게 부탁드리자 원효대사는 아들에게 한마디 던졌다.

"착한 일을 하지 말아라!"

설총이 어리둥절하여 되물었다.
"그럼 악한 일을 하고 살라는 말씀입니까?"

이에 원효대사가 일갈하였다.
"착한 일도 하지 말라 하였거늘 하물며 악한 일을 생각하느
냐?"

착한 일을 많이 행한 한 목사가 추문에 휩싸였다.

벌써 30여 년 전이다. 그 목사님을 어느 모임에서 뵌 적이

있다.

그 목사님의 확신에 찬 말이 귀에 쟁쟁하다.
"40일 동안 금식하며 예수님의 길을 따르기로 했습니다."

그 뒤로 가끔 그 목사님의 '착한 행적들'을 언론에서 접했다.

인간에게는 지랄의 양이 정해져 있다고 한다. '지랄 총량의 법칙'이다. 인간에게는 지랄이라는 일탈 행위가 불가피하다는 '무시무시한 윤리학'이다.

그래서 그 목사님은 끝내 '지랄'을 할 수밖에 없었던 것일까?

세상은 착한 일을 강요한다. 어른들은 착한 아이를 참 좋아한다. 나중에 어떻게 되건 책임도 지지 않으면서.

그렇다고 착한 아이가 다 악한 어른이 되는 건 아니다. 하지만 하지 못한 '지랄'은 어디로 갈까?

에너지는 사라지지 않는다. 분명히 몸 안을 떠돌아다닐 것이다. '착한 사람들'은 어딘가 많이 아프다.

그래서 이웃 집 할아버지 집에 몰래 대추를 따러 온 꼬마가 귀엽다. 들킨 꼬마는 외려 소리 지른다.

"내년 대추 익을 때에는 살지도 못할 걸요."

　　늙은이 문 나서며 꼬마를 쫓는구나.
　　꼬마 외려 늙은이 향해 소리 지른다.
　　"내년 대추 익을 때에는 살지도 못할 걸요."

　　– 이달,《대추 따는 노래》부분

이런 '파렴치한 아이'가 있는 옛 마을이 그립다. 그 아이는
어른이 되어 지랄을 하지 않아도 될 것이다.

시인은 '홍길동'을 쓴 허균의 스승이라고 한다. '지랄의 시'
를 썼기에 멋있는 스승이 될 수 있었을까?

글쓰기 취미

글쓰기 취미는 삶의 거부를 내포하고 있다. - 장 폴 사르트르

한 중년 여인이 남편이 글을 쓸 때 참으로 행복해 보인다고 했다. 자기도 그런 취미 하나 갖고 싶다고 했다.

그 말을 듣는 순간, 나는 사르트르의 '글쓰기 취미는 삶의 거부를 내포하고 있다'는 말이 섬광처럼 떠올랐다.

그 남편의 '글쓰기 취미'는 언제까지 갈까? 언젠가부터 서서히 동력이 떨어지기 시작할 것이다.

그리곤 글쓰기가 취미가 아닌 고역이 되고 결국은 지쳐 그만두게 될 것이다.

"인생은 다 그런 거야!" 혼자 중얼거리면서.

글쓰기는 취미가 될 수 없다. 글쓰기는 삶이니까. 삶이 취미가 될 수 있나? 먹는 게? 숨 쉬는 게? 노동하는 세? 사랑하

는 게?

인간이 산다는 건, 얼마나 힘든 일인가!

인간은 계속 자신을 극복해 가야 한다. 모든 생명체는 머무는 순간, 죽음이다. 글쓰기는 더 나은 나를 향해 가는 고된 노동이다.

글쓰기의 기쁨은 힘겨운 노동과 더불어 오는 희열이다.

그 남편은 삶이 버거워 '글쓰기 취미'의 나라로 망명한 것이다.

나는 그 중년 여인에게 아무런 말도 해 주지 못했다. 그녀는 언젠가 '고상한 취미' 하나 갖게 될까? 그리곤 나이 들어 혼자 중얼거리게 될까?

'옛날 옛날에 나도 한 때 젊었을 때...... .'

유일한 재미라야 가끔 맥주를 마시는 것과
재미라곤 약에 쓸려고 해도 없는 남편을
골려주는 재미로 사는 35살의 가정주부 성모 씨가
어느 날 띠포리라는 멸치 비슷한 말린 생선을
만난 후 다양한 재미에 빠져드는데

〔……〕

그날 이후 35살의 주부 성모 씨의 인생엔
근심 걱정이 없다는데 세상이 아무리 지루해도
띠포리가 있고 띠포리를 사주겠다는
남편이 있으니 더 이상의 행복은 욕심이라며
자신을 타일러가며 띠포리를 손질한다는데.

– 성미정,《여보, 띠포리가 떨어지면 전 무슨 재미로 살죠》부분

우리는 취미를 갖지 말아야 한다. 취미를 갖게 되면, '더 이
상의 행복은 욕심이라며' 순하게 살아가게 된다.

우리는 고해(苦海)의 파도에 맞서야 한다. 끝내는 파도를 타
는 희열을 알아야 한다.

2부

죄와 벌

인간이 불행한 것은

자신이 행복하다는 것을 모르기 때문이다.

그것뿐이다.

– 표도르 도스토예프스키

죄와 벌

인간이 불행한 것은 자신이 행복하다는 것을 모르기 때문이다.
그것뿐이다. – 표도르 도스토예프스키

러시아의 대문호 표도르 도스토예프스키의 '죄와 벌'의 주인공 라스콜리니코프는 관 속처럼 좁고 음침한 하숙방에서 인류를 위해 전당포 노파를 살해하려는 망상을 키운다.

'… 그는 증오에 찬 눈으로 자기의 조그만 방을 둘러보았다. 조금만 움직이면 벽에 부딪칠 정도로 곳간처럼 비좁은 방이었다. 누렇게 퇴색한 벽지는 먼지가 부옇게 끼었는데 그나마 군데군데 찢겨져서 보기에도 흉했다. 천장은 어찌나 낮은지 키가 큰 사람은 숨이 컥컥 막힐 뿐 아니라, 머리가 부딪치지나 않을까 염려스러울 정도였다. 가구도 방만큼이나 너절했다.'

그는 끝내 전당포 여주인 알료나 이바노브나와 그의 여동생 리자베타 이바노브나를 도끼로 살해한다. 그는 왜 살인자가 되었을까? 사람의 생명만큼 존귀한 게 없는데 그는 왜 가장 극한의 죄 '살인'을 하게 되었을까?

'죄와 벌'을 생각할 때마다 나는 섬뜩한 전율을 느낀다.

20여 년 전 나도 그런 음침한 골방에서 지냈다. 강화 앞 바다의 한 섬에서 고등학교 교사를 할 때, 나는 누우면 발이 벽에 닿는 좁은 방에서 온갖 공상과 망상에 시달렸다. 좁은 방은 다른 무언가로 태어날 수 있는 자궁이다. 곰은 굴속에서 인간으로 다시 태어난다. 사람은 이런 굴속에서 무엇으로 다시 태어날 수 있을까? 짐승은 인간이 된다지만 인간은 무엇이 될 수 있을까?

라스콜리니코프가 슈퍼맨이 되고 싶어 했듯이 나도 슈퍼맨이 되고 싶어 했다. 그는 인간이 만든 법률, 규칙 위를 날아다니는 인간의 고유한 감정인 '양심을 뛰어넘을 수 있는 인간'이 되기로 결심했다. 나도 그런 슈퍼맨을 꿈꿨다.

나는 대학원 철학과에 진학해 '위대한 사상가'가 되고 싶어 했다. '불후의 저서' 제목도 정해 놓았다. '이상 사회' 이 책대로만 하면 세상은 지상 낙원이 되리라는 확고한 믿음을 가졌다.

데이트할 때 한 여자에게 '이상 사회'에 대해 열변을 토해 그 여자(결국 내 아내가 되었다)를 내게 반하게 했다. 인간의 본성이란 세상에 의해 만들어지는 것이다! 나는 인간의 본성을 1차 본성과 2차 본성으로 나누어 사회심리학적으로 분석하고 그 본성에 맞는 사회 체제를 철학적으로 탐구했다.

그러던 어느 날 나는 일생일대의 무서운 체험을 했다. 학생 한 명을 '무자비하게 때려' 너무도 심각한 우리나라 교육에 대해 경종을 울려야겠다는 생각을 했다. 실천에 옮기진 않았지만 생각만 해도 너무나 섬뜩하다.

연쇄 살인범들하고 너무도 똑같지 않은가? 한 여자를 죽여 이 세상 여자들의 정절에 대해 경종을 울리겠다는 유영철. 그와 내가 너무도 흡사하지 않은가. 다행히 나는 행동에 옮기지 않아 이렇게 멀쩡하게 살아가고 있다.

인간의 죄는 '인간이 인간을 뛰어넘는 인간이 되기로 결심할 때' 생긴다. 인간은 인간이다. 너무도 당연한 이 명제가 인간을 뛰어 넘겠다고 생각하는 순간, 너무도 쉽게 사라져 버린다.

인간을 살과 피가 생생히 도는 존재가 아닌 다른 무언가로 볼 때 인간은 죄를 저지르게 된다. 그래서 나는 라스콜리니코프를 이해한다. 도스토예프스키의 심오한 인간 이해에 숙연해진다.

나는 그 뒤 문학을 만나 '인간'으로 돌아가려는 치열한 노력을 했다. 만지면 물컹한 살이 닿는 인간, 가냘픈 숨을 쉬는 인간, 그 한없는 부드러움 속에 너무도 존귀한 혼이 깃든 인간, 그대로 행복한 인간, 이런 인간을 사랑하게 된 것이다.

하지만 가끔 나는 괴물이 된다. 내가 한없이 초라해질 때 나는 슈퍼맨을 꿈꾼다. 초라한 몸뚱이를 골방에 처박아 놓을 때 이때가 가장 무섭다.

나는 다행히 '건전하게' 살아가고 있다. 다 행운일 따름이다. 우리 사회는 사람들을 자꾸만 골방에 처박아 넣는다. 무섭다. 우리 사회에 수시로 출몰하는 괴물들은 이렇게 탄생한다.

> 내 가슴엔
> 멜랑멜랑한 꼬리를 가진 우울한 염소가 한 마리
> 살고 있어
> 〔……〕

빈둥빈둥 노는 듯하던 빈센트 반 고흐를 생각하며
담담하게 담배만 피우던 시절

 - 진은영, 《대학시절》 부분

나는 '빈둥빈둥 노는 듯하던 빈센트 반 고흐를 생각하며' 대
학시절을 보내지 못했다.

항상 조급했다. 36세에 중년의 위기가 왔다. '빈둥빈둥 노
는 듯한' 인간이 되기 위해 긴 방황을 해야 했다.

친절한 아이들

많은 사람들의 손가락질에는 쌀쌀하게 눈썹 치켜세워 응대하지만,
아이들을 위해서는 기꺼이 머리 숙여 소가 되리라. – 노신

한 어른이 다리를 절뚝거리며 다가가 '햄스터를 가져오다 잃어버렸는데 좀 찾아 달라'고 하자 작은 여자 아이가 친절하게 도와준다. 차 밑을 들여다보고 차 안으로도 들어가 살펴본다.

실험에 참가한 어른들은 이러다 유괴될 수도 있다고 안타까워한다. 한국 아이들도 미국 아이들도 대체로 친절했다. 이것이 아이들에게 친절 교육을 시킨 탓일까? 아니다. 남의 아픔에 공감하는 건 타고난 인간의 본성이다.

그럼 어떻게 해야 할까? 친절하다가 유괴될 수도 있는데.... 미국 어느 학교에서는 모르는 어른이 도와 달라고 하면 믿을 만한 어른들에게 달려가 물어보라고 가르친단다.

이렇게 교육시키면 유괴예방에 효과가 있을까? 효과가 있다면 우리는 이렇게 해야 할까?

아주 오래 전, 시냇가에 갔다가 물길을 거슬러 올라가려는 물고기들을 보았다. 큰 돌멩이들이 많고 물은 얕아 물길을 거슬러 올라가는 게 쉽지 않아 보였다. 하지만 그들은 포기하지 않았다. 희번덕거리는 배를 드러내며 끊임없이 위로 튀어 올랐다.

물고기들의 목적은 단지 지금 물길을 거슬러 올라가려는 데 있을까? 그렇다면 너무나 어리석고 무모한 행동이 아닌가? 아니다. 물고기들은 지금 당장 물길을 거슬러 올라가는 데 목적이 있지 않다.

그들은 자신들 속에 있는 '물길을 거슬러 올라가는 본성'을 잃지 않기 위해 그렇게 하고 있는 것이다. 그렇게 해야 그들은 이 세상에 살아남기 때문이다.

'지금 나는 실패할지 모르나 우리는 살아남는 거야.' 그들은 이것을 본능적으로 알고 있는 것이다. 얼마나 지혜롭고 숭고한 일인가?

그렇다면 우리 인간들은 어떻게 해야 할까? 지금 당장 위험하다고 해서 인간의 본성인 친절을 아이들에게 거부하라고 가르쳐야 할까?

'친절한 인간'이 사라지면 인간은 멸종할 것이다. 아픔을 공감하고 함께 나누는 것은 사회적 동물인 인간의 '생존 조건'이기 때문이다.

우리는 친절한 아이가 유괴되는 사회 구조를 바꿔야 한다. 이 사회를 바꾸지 않고 범죄를 막으려다 보니 인간의 본성까지도 바꾸려는 너무나 엄청난 반인륜적인 짓을 저지르게 되는 것이다.

키가 너무 높으면
아기들 올라가다 떨어질까 봐
키 작은 땅감나무가 되었답니다

- 권태응, 《땅감나무》 부분

땅감나무마저도 아이들을 위해 친절한데, 어른들은 아이들에게 왜 이리 불친절할까?

앎과 행위는 하나다

안다는 것은 애무한다는 것이다. 사랑하는 사람과 객관적 거리를
유지했을 때 이 사람을 잘 알게 될까? 단지 고찰할 수는 있을 것이다.
– 프리드리히 니체

약한 사람을 도와주어라!

이 말에 반대할 사람은 거의 없을 것이다. '약자는 당연히
도와줘야지.' 그런데 왜 실제로 약자를 도와주는 사람은 별
로 없을까?

많은 사람들이 '알긴 아는데, 실천하기가 힘들어서'라고 생
각할 것이다.

그래서 도덕, 윤리 교육은 '앎과 행위의 일치(지행일치知行
一致)'에 목표를 둔다.

정말 그럴까?

독일의 철학자 니체는 말한다. "안다는 것은 애무한다는 것이다."

우리가 약자를 보았을 때, 우리의 마음이 그를 따스하게 보듬어준다면 우리는 그를 당연히 도울 것이다.

하지만 약자를 보았을 때, 머리로만 약자를 인식하는 사람은 그를 도와주기 힘들 것이다.

이때 약자는 고찰의 대상이 되어 있다. 그를 안다고 할 수 없다.

그래서 중국의 양명학의 창시자 왕양명은 '앎과 행위는 하나(지행합일知行合一)'라고 했다.

독일의 철학자 칸트는 순수이성비판과 실천이성비판을 쓰고 나서, 마지막으로 판단력비판을 썼다.

순수이성비판은 인간의 이성(理性)의 한계에 대해 논했다. 대상을 고찰 할 수 있는 이성, 이성적으로는 약자를 도와줘야 하는 것을 아는 사람에게 어떻게 하면 선(善)을 행하는 실천이성을 갖게 할 수 있을까?

칸트는 두 이성을 매개하는 힘으로 미(美)를 생각했다. '아

름다움과 추함을 판단하는 마음을 갖게 되면 앎과 행위가 하나가 되지 않겠는가?'

니체도 말했다. "세계와 존재는 단지 미적 현상으로 파악됨으로써만 정상화 된다."

우리 눈에 앎과 행위가 두 개로 나눠 보이는 건, 우리가 물질에 마음이 팔려 아름다움을 잃어버렸기 때문일 것이다.

> 쾅쾅쾅쾅 뛰어가면
> 그렇지,
> 일곱 살짜리일 거야
>
> – 안도현, 《위층 아기》 부분

위층 아기들을 아는 아래층 사람만이 들을 수 있는 발자국 소리다.

성실한 인간

이 땅을 걷는 것이 바로 기적이다. – 임제

나는 학교 다닐 때 왜 수업시간과 쉬는 시간이 일정하게 정해져 있는지 의문을 품은 적이 있다. 즐겁게 그림을 그리다 종이 치면 즉각 중지하고 쉬어야 하는지 도무지 이해가 되지 않았다.

그렇게 공부하다 보니 몰입하는 힘이 약해져 버린다는 느낌이 들었던 것이다. 좋아하는 과목을 공부하다가 무조건 10분 동안 쉬고 갑자기 싫어하는 과목을 억지로 해야 하는지.

이렇게 학창 시절을 십여 년 보내고 나면 좋아하는 것과 싫어하는 것을 기꺼이 다 할 수 있는 '성실한 인간'이 될 것이다. 이런 인간형은 산업사회에 맞는 인간이다. 우리 사회가 산업 사회를 지향하는 사회여서 그렇게 했다는 것을 나중에서야 알았다.

하지만 이제 우리 사회는 산업사회를 넘어서 탈산업사회로 나아가고 있다. 그래서 수업 시간을 통합하고 쉬는 시간을 늘리는 학교들이 생겨나고 있다. 이제 '근면 성실한 인간'이 아니라 '몰입하는 인간, 창조적인 인간'을 원하기 때문이다.

앞으로는 '잘 노는 인간'이 성공하게 될 것이다. 놀이와 일이 하나로 통합되는 것이 가능해지고 있다. 열심히 노는 것이 일이 되는 사회. 얼마나 멋진 사회인가!

그러려면 이제 공부하는 방법이 달라져야 한다. 공부와 삶이 일치되어야 한다. 왕양명은 삶 속에서 공부하는 '사상마련(事上磨鍊)'을 주장했다. 석가가 도를 깨치기 위해 수련한 위빠샤나 명상법도 삶과 수련을 일치시키는 것이었다.

그래서 도를 깨친 석가의 일상은 그 자체가 도의 세계였다. 그는 아침에 일어나 발을 씻는 행위나 식사를 하는 시간이나 설법을 하는 시간이나 다 똑같이 중요시했다. 어느 시간이 우위에 있지 않았다. 항상 그는 '화엄(華嚴)의 세계'에 살았던 것이다.

공부하는 시간과 쉬는 시간이 나눠지면 이 세계는 광휘로 가득찬 시간과 거무칙칙한 시간들로 나눠져 버린다.

일상이 공부가 되면 일상이 차츰 빛이 나고 향기가 나게 된다. 우리가 '일상의 낙원'으로 들어갈 수 있을 때 우리는 비로소 현재에 머물 수 있다.

우리가 불행한 건 현재에 머물지 못하기 때문이다. 과거-현재- 미래로 흘러가는 시간 속에서는 우리는 행복할 수 없다.

아이들이 행복한 건 오롯이 현재에 머물 수 있기 때문이다. 공부와 삶이 일치가 되면 우리는 이 아이의 능력을 회복할 수 있다.

언제 봐도 바람은 즐겁다. 만나는 것들을 간질이며 장난을 치고 있다. 우리는 이 바람처럼 장난을 치지 못한다. 일상을 즐기는 힘이 없기 때문이다.

하늘을 나는 것보다 걷는 것이 기적이 될 때 우리는 진정으로 행복할 수 있을 것이다. 새는 나는 것이 일상이면서 기적일 것이다. 그런데 왜 인간은 걷는 것이 기적이 되지 못하나?

우리의 일상이 누추하게 된 것은 공부와 일상이 분리되어 우리가 일상에 대한 경외감을 잃었기 때문이다.

이제 일상의 삶을 공부와 일치시키자. 숨을 쉬고 밥을 먹고 화장실에 가고 책을 읽는 것. 그 모든 시간이 공부가 될 때 우리는 지상낙원, 영원한 현재를 경험하게 될 것이다.

> 천 년 전에 하던 장난을
> 바람은 아직도 하고 있다.
> [......]

> 그러므로 지치지 말 일이다.
> 사람아 사람아
> 이상한 것에까지 눈을 돌리고
> 탐을 내는 사람아.

> - 박재삼, 《천년의 바람》 부분

배우는 게 즐거워 나이 드는 것조차 잊었다던 공자는 그가 살았던 춘추전국 시대가 공부방이었다.

우리도 이 시대, 이 땅을 공부방으로 해야 한다. 우리 안에서 '천년의 바람'이 불게 될 것이다.

우리는 비로소 '이상한 것에까지 눈을 돌리고/ 탐을 내는 사람'에서 벗어날 수 있을 것이다.

모든 아이는 예술가

모든 아이는 예술가다. 어른이 되어서도 그 예술성을 어떻게
지키느냐가 관건이다. – 파블로 피카소

천상병 시인은 말년에 시골에서 한가로이 살면서 저녁 어스
름이 오면 주막을 찾아 나섰단다.

어느 날 시인은 단골을 바꿨단다.

부인이 슬쩍 물었다.
"새로 가는 술집 주인은 젊고 예쁜가 보죠?"

시인은 아이처럼 화들짝 놀라며 대꾸했다.
"새로 가는 술집은 잔이 더 크다 아이가."

시인은 가슴에 아이 같은 천진성이 있었기에 끝내 '귀천(歸
天)'할 수 있었을 것이다.

그래서 사람들은 그를 '천상 시인'이라고 밀한다.

'아이'는 이 세상을 하나로 본다.

그들에게는 '너와 나', '낮과 밤', '선과 악', '미와 추', '부와 빈', '삶과 죽음'...... 이 하나다.

세상은 막 피어오르는 꽃봉오리다. 그러다 꽃들이 활짝 활짝 피어난다. 그래서 그들은 항상 신이 난다.

어른들의 세계는 선명하다. 헤르만 헤세는 '명쾌함은 최악'이라고 했다.

선명하게 둘로 나눠진 세계는 아무런 감흥을 주지 못한다. 삶은 지루한 반복이고 시간은 하염없이 흘러간다.

우리가 이리도 살기 힘든 건 근원적으로 '아이의 상상력'을 잃어버렸기 때문이다.

막걸리 몇 잔에 '흐리멍텅한 눈이 되어 이 세상은 다만 순하디 순하게 되는' 마음을 잃어버렸기 때문이다.

　흐리멍텅한 눈에 이 세상은 다만
　순하디 순하기 마련인가,
　할머니 한잔 더 주세요.
　몽롱하다는 것은 장엄하다.

〔......〕
할머니 등 뒤에
고향의 뒷산이 솟고
그 산에는
철도 아닌 한겨울의 눈이 펑펑 쏟아지고 있는 것이다.
그 산 너머
쓸쓸한 성황당 꼭대기,
그 꼭대기 위에서
함빡 눈을 맞으며, 아기들이 놀고 있다
아기들은 매우 즐거운 모양이다.
한없이 즐거운 모양이다.

- 천상병, 《주막에서- 도끼가 내 목을 찍은 그 훨씬 전에 내 안에서 죽
어간 즐거운 아기를(장 쥬네)》 부분

느닷없이

'할머니 등 뒤에/ 고향의 뒷산이 솟고/...... / 그 꼭대기 위
에서/ 함빡 눈을 맞으며, 아기들이 놀고 있는' 기적.

이런 눈을 가진 시인은 '한없이 즐거웠을' 것이다.

우리는 '도끼가 내 목을 찍은 그 훨씬 전에 내 안에서 죽어
간 즐거운 아기를' 위하여 애도해야 한다.

그 아이를 잃어버려 우리는 모두 '이생망(이번 생은 망했
다)'이다.

시인

낮은 곳으로 임하소서. – 예수

나는 오래 전에 시인 두 사람에게 돈을 빌려주었다가 떼인 적이 있다. '설마 시인이 돈을 떼어 먹으랴?'

나는 그들을 굳게 믿었다. 지금 생각하면 왜 내가 그리도 '시인'을 믿었는지 웃음이 나온다.

시인도 이 세상에 사는 평범한 사람인 것을.

10여 년의 직장 생활을 접고 자유인이 되어 시를 공부하며 시라는 것에 대해 환상을 품었나 보다.

나는 그 뒤 '사람'에 대해 많은 것을 생각하게 되었다. 사람은 신(神)처럼 위대하기도 하고 악마처럼 악하기도 하다는 것을.

시인 두 사람을 비롯하여 완전히 믿었던 네 사람에게 돈을 떼이고 나서 대오(大悟)한 나의 인간관이었다.

일찍이 근대 정치학의 아버지 니콜로 마키아벨리가 말하지 않았던가!

"인간은 아버지의 죽음은 쉽게 잊어도 재산의 상실은 좀처럼 잊지 못한다."

돈을 떼이고 나니 자다가도 벌떡 일어나게 되었다. 속에서 화가 부글부글 끓어올랐지만 어떻게 할 수가 없었다.

'아, 내가 어리석었구나! 사람 보는 눈이 이리도 없다니!'

누군가 나에게 물었다. 시가 뭐냐고
나는 시인이 못됨으로 잘 모른다고 대답하였다.
〔......〕
빈대떡을 먹을 때 생각나고 있었다.
그런 사람들이
엄청난 고생 되어도
순하고 명랑하고 맘 좋고 인정이 있으므로
슬기롭게 사는 사람들이
그런 사람들이
이 세상에서 알파이고
고귀한 인류이고

영원한 광명이고
다름 아닌 시인이라고.

- 김종삼, 《누군가 나에게 물었다》 부분

'불탕지옥'에서 수년 간의 고행을 겪고 나서 나는 비로소

'엄청난 고생 되어도/ 순하고 명랑하고 맘 좋고 인정이 있으므로/ 슬기롭게 사는 사람들이/ 그런 사람들이/ 다름 아닌 시인'이라는 것을 깨달았다.

사람들은 말한다. '사람을 믿어야 할까? 믿지 말아야 할까?' 사람의 마음은 물과 같을 것이다.

물은 낮은 곳에 있을 때는 맑고 잔잔하지만, 높은 곳에 있을수록 언제 가로막는 것들을 마구 휩쓸어 버리며 아래로 내려올 지 모른다.

일하지 않는 자는 먹지도 말라?

영혼 없는 노동은 삶을 질식시킨다. - 알베르 카뮈

예수는 '포도원 품꾼'의 비유를 든다.

'포도원 주인은 아침부터 나와서 일한 사람과 마지막에 나와서 잠시 일한 사람에게 똑같은 임금을 주고 나서, 자신의 행동을 선하다고 강변한다.'

그 포도원 주인의 행동은 옳다. 만일 늦게 나온 품꾼에게 품삯을 적게 주면 어떻게 될까? 아이가 아파서 늦었다면 그 품꾼은 아이를 돌보려면 약값까지 더 들어야 하지 않겠는가? 최소한 적게는 주지 말아야 할 것이다.

우리는 늦게 나온 사람이 별 이유 없이 늦는다면 같은 임금을 주는 게 정당하지 않다고 생각할 것이다.

맞다. 하지만 그런 사람은 임금을 적게 주는 것으로 해결하려 하지 말고 마을 사람들이 사정을 다 아니까 '명예가 실추되는 것'으로 끝나야 한다.

사람은 사회적 동물이라 남의 인정을 받지 못하면 견딜 수 없다. 사람에겐 명예가 중요하다.

따라서 치사함을 감수하면서까지 일부러 일터에 늦게 나오는 사람은 없을 것이다. 그런 염려 때문에 전체 사회 구성원의 존엄성을 훼손해서는 안 된다.

그런 사람을 막는다고 일한 만큼 임금을 준다면, 사람들은 위급한 상황에 대비하기 위해 저축을 해야 할 것이다.

위급한 이웃이 생겨도 자신의 미래가 불안해 이웃을 도와주려 하지 않을 것이다. 다들 돈을 숨겨 놓고 서로 도와주지 않으면서 겉으로 웃으며 지내야 하는 사회는 얼마나 불행하겠는가?

예수의 가르침은 우리의 삶을 실질적으로 이롭게 하는 것이다. 사후의 천국을 보장하는 것도 아니고 무슨 거창한 도덕률도 아닌 우리의 실제적 삶의 이치를 말하고 있는 것이다.

우리는 '자본주의 논리'에 너무나 익숙해져 예수의 가르침에 거부감이 들 것이다. 하지만 '일한 만큼 임금을 받고 일하지 않는 자는 먹지도 말라'는 율법에 따라 사는 우리는 얼마나 삭막해져 버렸는가?

남아도 남에게 주지 못하고 모자라도 남의 도움을 받지 못하는 이 세상은 진정 지옥이 아니고 무엇이겠는가?

우리는 '사람의 마음'을 믿어야 한다. 포도원 주인은 우리의 마음을 대변하고 있다. 그 마음을 잃어버렸기에 현대인은 모든 것을 잃어버렸다.

   정년으로 회사를 그만둔 사람이
   -잠깐 놀러 왔어
   하며 나의 직장에 얼굴을 내밀었다.
   -심심해서 말야
   -팔자 좋군 그래
   -그게 글쎄, 혼자 있자니까 엉덩이가 굼실거려서
   예전 동료의 옆 의자에 앉은 그 뺨은 여위고
   머리에 흰 것이 늘었다.

   〔……〕

   그런 그가 다른 날

싱글벙글 웃으면서 나타났다.
–일자리를 찾았어
–조그만 가내공장인데

이것이 현대의 행복일지도 모르겠지만
어쩐지 나는
한때의 그의 여위었던 얼굴이 그리워서
아직껏 내 마음의 벽에 걸어놓고 있다.

일자리를 얻어 되젊어진 그
그건, 무언가를 잃어버린 뒤의 그가 아닌가 싶어서.
진정한 그가 아닌 것만 같아서.

 – 요시노 히로시, 《일》 부분

예수가 얘기한 갈릴리의 농촌 마을은 우리의 '오래된 미래'
일 것이다. 그런 세상이 오기 전까지는 우리는 '평생 고된
일을 해야 하는 형벌'에서 벗어날 수 없을 것이다.

3부 |

장애인

하늘에 서로 꿰어 있는

구슬들이 있는데

하나가 울면 모두 운다.

– 석가

장애인

하늘에 서로 꿰어 있는 구슬들이 있는데 하나가 울면 모두 운다. – 석가

장애인 아이가 옆에 앉았다고 장문의 편지를 담임선생님에게 쓴 어머니가 있단다. 그 어머니의 심정은 충분히 이해된다.

이 치열한 '정글'에서 장애인 친구와 지내다가는 정글에서 낙오하지 않을까? 그 어머니는 '맹모삼천지교의 심정'으로 편지를 썼을 것이다.

우리 사회는 '장애인과 더불어 살지 않는 사회'다. 옛날 농경사회가 아니기에 그들과 함께 살 수 있는 게 한계가 있다. 그래서 우리는 그들을 격려한다.

따라서 우리는 그 어머니를 비난할 수 없다. 똑같이 들어간 초등학교, 왜 내 자식이 그런 아이 옆에 앉아야 하나?

똑똑한 아이하고 지내 이 정글에서 살아남는 강한 아이가 되어야 하는데. 어떤 어머니들은 강남의 초등학교에도 보낸다는데, 어머니로서 그런 아이와는 못 앉게 해야지.

발목을 다쳐 정형외과에 드나들 때 '장애인 체험'을 한 적이 있다. 서러웠다. 무서웠다. 목발로 간신히 버티고 서서 택시를 잡을 때, 택시가 그냥 지나가면 어떡하나? 아, 그러면? 약국 문턱도 얼마나 높은지. 그야말로 이 세상이 정글이었다.

하지만 장애인 체험이 끝난 이제 나는 그들을 별로 생각하지 않는다. 아니 거의 생각이 나지 않는다. 하지만 내 깊은 생각에서마저도 그때의 공포가 사라졌을까?

아마 내 깊은 무의식 속에서는 '그래, 나를 지키는 것은 나밖에 없어.'하고 생각할지 모른다. '측은지심'이 많이 사라지지 않았을까?

예수가 아흔 아홉 마리의 양을 두고 길 잃은 한 마리의 양을 찾아 나선 건 '길 잃은 한 마리의 양'을 위해서가 아니다.

그렇게 하는 게 '양들을 살게 하는 길'이기 때문이다. 설령 길 잃은 한 마리의 양이 잘못되더라도 나머지 양들이 잘 살 수만 있다면 사실 큰 문제가 없는 것 아닌가?

길 잃은 한 마리의 양을 목자가 내버려둔다면 나머지의 양들은 불안해서 제대로 살 수 없을 것이다.

'우리도 언제 저렇게 될 지 몰라.' 양들은 자신들이 살기 위해 목자를 따르지 않을 것이다.

장애인 아이를 우리가 내버려둔다고 해서 겉으로 봐선 큰 문제가 없어 보인다. 우리는 '연약한 그들이 뭐 어떻게 하겠는가? 우리 안의 측은지심이야 뭐 좀 모지게 마음먹으면 되지.'하고 생각할 것이다.

하지만 그렇게 모질게 살아 우리가 무엇을 얻을 수 있겠는가? 아무리 많이 얻어도 마음은 허전할 것이다. 무엇을 해도 무엇을 가져도 진정으로 마음이 충만해오지 않을 것이다.

인간은 동물에서 진화하면서 '거울 뉴런'이 생겼다. 서로의 마음을 비춰주는 신경 세포다. 그래서 인간은 '서로 꿰어 있는 구슬들이다. 하나가 울면 모두 운다.'

'장애인 친구'를 내버린 아이는 앞으로 어떻게 살아갈까? 장애인 친구처럼 내버려지지 않기 위해 자꾸만 악한 마음이 되어 갈 것이다.

그렇게 자란 아이가 어머니에겐 어떻게 할까? 다 늙어 힘도 없는 어머니는 그에게 '장애인'으로 보일 것이다. 그는 당연히 '장애인 엄마'를 버릴 것이다.

  나, 사람들을 불쌍하게 보는 이유는
  사회라는 우리에 갇혀 사는 사람들 때문이고

  나, 사람들을 이상하게 보는 이유는
  풍족함 가운데 목말라 하는 그들 모습 때문입니다.

  나, 사람들을 위해 기도하는 까닭은
  그곳에서 나오길 바라는 마음 때문입니다.

   – 최은주, 《감옥》 부분

육체가 장애인이면 육체 안의 영혼이 온전히 깨어난다.

장애인인 시인은 우리가 '사회라는 우리에 갇혀 살고, 풍족함 가운데 목말라 한다.'는 것을 본다.

우리들의 감옥이 훤히 보인다. 시인은 우리를 위해 간절히 기도한다. '그곳에서 나오기를...... .'

원죄

나는 율법을 폐하러 온 것이 아니라 완전케 하러 왔다. - 예수

새로운 강의 요청이 들어왔다. '공동 육아 협동조합'을 하시는 분들이라 가슴이 설레었다. 미리 만나 강의에 대해 논의하잔다. 술집에서 만나기로 하고 집을 나서는데 아내가 한마디 한다. "술 마시고 해롱해롱하지 마!"

"응."하고 대답을 하고 나왔지만, 나 자신도 내가 어떻게 될지 모르겠다. 술에 취해 기분이 좋아지면 나는 한순간에 '즐거운 아이'가 되어 버린다. 세상 사람들이 다 꽃처럼 예쁘게 보인다.

지난주엔 술을 마시다 화장실에 갔는데 문이 잠겨 있다. 기다리고 있으니 한 청년이 나온다. 나도 모르게 오른 손바닥을 활짝 펴고 그의 앞에 올렸다. 그러자 그는 씩 웃으며 내 손바닥을 짝 쳤다.

자리로 돌아오며 '참, 내가 왜 그랬지? 자식 같은 젊은이한
테. 나를 뭐라고 생각할까?'하고 생각했지만 마냥 즐거웠
다. 술에 취한 채로 자전거를 타고 집으로 돌아오는데 차들
이 장난감처럼 보였다. 살짝 부딪쳐도 괜찮을 것 같았다.

술집에서 만나 보니 고등학교 국어 선생님이란다. 몇 분이
더 오고 술기운이 도도하게 피어올랐다. 시 얘기를 하다 시
낭송까지 했다. 마음들이 물결처럼 일렁이고 술집은 출렁출
렁 어둠 속을 흘러갔다.

내가 이렇게 술을 마시고 해롱거리게 된 건 얼마 되지 않는
다. 항상 꼿꼿했었다. "네 주량을 모르겠어." 친구들은 그렇
게 얘기했다. 그러다 문학을 접하면서 마음이 풀어지기 시
작했다.

소설가 카프카는 '무관심은 불안과 죄의식에 의한 신경장애
를 방어하는 유일한 수단'이라고 했다. 사람들은 내 얼굴이
'데드 마스크' 같다고 했다. 나는 무관심으로 단단히 무장하
고 내 삶을 버렸던 것이다.

하지만 내 안엔 '아이'가 있었다. 즐겁게 놀지 못한 아이, 어
려운 가정환경 속에서 항상 주눅 든 아이는 내 안에서 호시
탐탐 기회를 노리고 있었다. 그러다 문학이 그를 불러내자

그는 내 안에서 툭 튀어나와 술집을 마구 휘저으며 뛰어 놀았다.

하지만 다음 날엔 '깊은 죄의식'에 시달린다. '혹 내가 뭐 실수한 게 없을까?' '나를 뭐라고 생각할까?' 전전긍긍하다 며칠 후에 강의를 했는데, 그때 함께 술 마신 분들의 표정이 밝다. '휴, 다행이야.'

  나 지은 죄 많아
  죽어서도
  영혼이
  없으리

   - 김종삼,《라산스카》부분

인간은 어쩌다 '원죄'를 저지르게 되었을까? 시인은 무슨 큰 죄를 지었기에 죽어서도 자신은 영혼이 없으리라고 생각했을까?

다른 동물들은 본능에 따라 사는데 인간은 율법이라는 것을 만들었다. 율법은 우리 안에서 수시로 판결을 내린다. 우리는 다들 죄수들이다.

예수는 세례로써 모든 죄를 사해 주었다. 우리에겐 그런 물이 필요하다. '옳은 일'을 한다고 죄의식에서 벗어날 수는 없다. 항상 '옳은 일'만 행하다 결국 자살해 버린 '레미제라블'의 자베르 형사, 그의 죽음은 우리 모두의 죽음일 것이다.

성인(聖人)은 괴로워

사람이 곧 하늘이라 사람 섬기기를 하늘 섬기 듯 하라. – 최제우

간디는 말년에 자신의 금욕을 시험하기 위해 발가벗은 여인들과 함께 잠을 잤다고 한다. 지족 선사는 황진이에게 유혹을 당해 하루아침에 생불(生佛)에서 중생으로 추락했다는데, 그의 금욕은 성공했나 보다. 지금까지 성인으로 추앙받는 것을 보면.

하지만 그 여인들은 무엇인가? 성인의 시험대상이 되어야하는 그녀들은. 위대한 영혼 '마하트마 간디'에게는 성욕을가진 그녀들은 하찮은 존재인가?

노자는 성인이 이 세상을 망가뜨린다고 생각했다. 그래서그는 성인이 필요 없는 인구가 작은 나라, 소국과민(小國寡民)을 이상적인 세상으로 보았다.

성인(聖人)이 출현한 배경엔 철기문명의 거대한 고대국가의

탄생이 있다. 철기가 발명된 이후 부족 사회 간의 전쟁이 치열하게 일어나게 되었다.

한 인간을 사회가 보호해 주지 못하는 약육강식의 사회에서 자신의 운명을 스스로 개척해 가는 새로운 인간형, 성인들이 출현하게 된 것이다.

단위가 큰 사회에서는 성인의 존재가 불가피할 것이다. 하지만 '작은 공동체 사회'였던 원시 사회를 보면 다들 평등하게 평화롭게 살았다. 특별히 멸시당하거나 추앙받는 인간이 없다.

마하트마 간디, 그 당시 식민지라는 인도의 절박한 상황에서 그런 '위대한 인간'은 당연히 존경과 추앙을 받아야 할 것이다.

하지만 성(性)은 원초적인 생명 에너지다. 정신분석학자 빌헬름 라이히는 이 에너지를 자연스레 승화하지 못하고 억압하게 되면 그 에너지가 권력욕으로 왜곡된다고 했다.

인간이 성 에너지를 완벽하게 승화할 수 있을까? 그렇게 할 수 있는 인간은 극소수의 성인 외에는 불가능할 것이다.

우리는 주변에서 존경을 한 몸에 받던 사람들이 하루아침에 파렴치범으로 추락하는 것을 수없이 본다.

그래서 좋은 사회는 인간의 본성이 자연스레 발현될 수 있는 사회일 것이다. 성인이라는 존재는 결국 사라져야 할 것이다.

인간의 긴 역사에서 보면 인간은 지금 '인간'을 향한 긴 도정에 있을 것이다. 진화 중에 성인은 일시적으로 출현한 인간형일 것이다.

위대한 성인이 존재하려면 수많은 천박한 인간들이 존재해야 하기 때문이다. 왜 대다수 인간이 천박한 존재가 되어야 하는가? 성인의 존재는 인류 역사에서 '일시적 현상'이 될 것이다.

언젠가는 모든 사람이 곧 하늘인 대동 세상이 올 것이다. 그때까지는 수많은 '괴로운 성인들'이 출현해야 할 것이다.

그들은 땀 흘려 애써 일하는 일도 없고
그들은 밤늦도록 잠 못 이루지도 않고
죄를 용서해 달라고 빌지도 않는다.
그들은 하나님에 대한 의무 따위를 토론하느라
나를 괴롭히지도 않는다.

불만족해 하는 자도 없고, 소유욕에 눈이 먼 자도 없다.
다른 자에게, 또는 수천 년 전에 살았던 동료에게
무릎 꿇는 자도 없으며
세상 어디를 둘러봐도 잘난 체하거나 불행해 하는 자도 없다.

- 월트 휘트먼, 《짐승들》 부분

인간 외의 다른 동물들을 보면 서로 숭배하지도 않고 멸시하지도 않으면서 다들 당당하게 잘 살아가고 있다.

인간도 크게 보면 동물인데 왜 이렇게 힘겹게 살아가야 하나? 아마 동물에서 인간으로 진화한 지 얼마 되지 않아 아직 '인간으로 사는 방법'을 잘 몰라서 그럴 것이다.

마음 가는 대로 살아라

마음이 곧 이치(心卽理)다. - 왕양명

중국 양명학의 창시자 왕양명은 말했다. "마음이 곧 이치다." 즉 '마음 가는 대로 사는 게' 세상의 이치대로 산다는 것이다.

이 말에 대해 '마음대로 산다고? 그럼 세상이 혼란에 빠져 인간이 살 수가 있나?' 하고 생각하는 사람이 많을 것이다. 나는 그렇게 생각하는 사람은 '자신의 마음대로' 살아보지 못한 사람이라고 생각한다.

마음대로 살아본 사람은 알 것이다. 마음대로 살려고 해도 자신의 마음을 알 수가 없었다고. 마음대로 살려면 자신의 마음을 알아가는 긴 수행이 있어야 한다고. 우리는 마음을 잃어버렸다.

나는 30대 중반에 처음으로 내 마음을 들여다보게 되었다.

문학 공부를 하러 다니면서, 난생 처음으로 '나'라는 존재를 느꼈다. 강의가 끝난 후 길고 진한 뒤풀이 시간이 말갛게 나를 들여다보는 시간이었다.

주점 한 귀퉁이에 자리 잡은 우리는 한 세계를 이루었다. 세상의 시간은 우리를 비껴가고 새로운 시간이 우리와 함께 고요히 머물렀다. 취기가 오르며 우리는 점점 마알간 영혼이 되어갔다.

뒤풀이에서 나는 참으로 많은 눈물을 흘렸다. 내 마음을 정화하는 성스러운 의례였다. 내 마음에 덕지덕지 달라붙은 불순한 마음들이 깨끗이 씻겨 내려갔다. 혼자 들판을 헤매며 펑펑 울 때 나는 햇살처럼 투명한 내 마음을 보았다.

투명한 마음은 우주와 하나였다. 내 마음대로 하는 것이 이치에 따라 사는 것. 나는 주신(酒神)과 접신하고서야 그 경지를 어렴풋이 느꼈다. 그래서 나는 술을 사랑한다.

나는 술의 힘을 빌리지 않고서도 언젠가는 내 마음의 거대한 세계, 곧 우주를 만날 수 있으리라는 희망을 갖는다. 명상을 하고, 요가를 하고, 인문학을 공부하고, 글을 쓰고, 사람들과 부대끼며, 나를 절차탁마하고 있다.

우리는 너무나 오랫동안 빛의 신 아폴론을 섬겼다. 그래서 마음을 잃어버렸다. 마음에는 '숫자만 헤아리는 이성(理性)'만 있는 게 아니다. 이런 이성은 섬처럼 작다. 마음의 대부분은 무의식이라는 커다란 바다다.

마음의 대양을 알려면 아폴론신은 멀리하고 이둠의 신, 주신(酒神) 디오니소스를 만나야 한다. 그러면 짙은 어둠에 잠겨있던 무의식의 거대한 바다가 깨어난다. 우리는 우주의 자궁, 커다란 대양에 평화로이 잠든 태아가 된다.

우리는 마음의 자궁에서 이 태아를 낳아야 한다. '아기'로 거듭나야 한다. 노자는 말했다. "두터운 덕을 가지고 있는 사람은 아기에 비유될 수 있다. 벌과 전갈, 살무사, 뱀 등도 아기를 물지 않고, 사나운 날짐승과 맹수도 그를 해치지 않는다."

무의식의 큰마음에 들어가 보지 못하고, 우리 마음의 지극히 일부분인 '의식의 숫자 헤아리는 이성'으로만 살아온 사람은 자신의 마음대로 사는 것을 믿지 못한다. 자신을 믿지 못하니 남도 믿지 못하고 세상도 믿지 못한다.

이런 이성으로 살아가는 대다수 사람들은 법이 있어야 하고, 법을 강제 집행하는 권력자가 있어야 안심한다. 항상 자신의 이성을 의심하며 자신의 마음을 살펴온 당대의 지식인

카잔차키스는 조르바를 알아본다.

그는 조르바에게서 마음대로 해도 법도에 어긋나지 않는 야성의 현자를 본다. 조르바가 그의 두목(소설 '조르바'의 화자)에게 말한다. "그럴 기분이 생긴다면! 아시겠소? 마음 내키면 말이오... 마음이 내켜야 하오... 결국 당신은 내가 인간이라는 걸 인정하라 이 말이오." 두목이 묻는다. "인간이라니? 그게 무슨 뜻입니까?" 조르바는 담담히 대답한다. "자유라는 거요."

자유는 글자 그대로 '자신의 행동이 자신(自)에게서 나오는(由) 것'이다. 자기 마음대로 살지 못하는 사람은 자유로운 사람이 아니다. 자그마한 이성으로만 살아오다 이성의 거대한 울타리를 깨고 나와 충동에 마구 휩쓸리는 것을 자유라고 착각하는 사람들이 많다.

아, 얼마나 밑이 빠진 토요일이냐!
하구 많은 사람들이 움직이고 있는,
이 매력적인 유성,
호텔마다의 물결치는 발들,
성급한 오토바이 주자들,
바다로 달리는 철로들,
폭주하는 차륜을 타고 달리는 엄청난 부동자세의 여자들.

매주일은 남자들과, 여자들과
모래에서 끝난다,
무엇 하나 아쉬워하지도 않고, 계속해서 움직이고,
종잡을 수 없는 산으로 올라가고,
의미도 없이 음악을 틀어 놓고 마시고,
기진맥진해서 콘크리트로 다시 돌아온다.

– 파블로 네루다,《아, 얼마나 밑이 빠진 토요일이냐!》부분

우리의 '불금'이 이렇지 아니한가! 이렇게 휴일을 보내지 않으면 우리는 견딜 수 없다. 우리는 휴일 동안 마음껏 자유를 누렸다고 생각한다.

절벽

타인은 신의 육화가 아니다. 그러나 ... 타인 속에서 신은 나타난다.

– 에마뉘엘 레비나스

오늘은 이사 간 제자 집에서 강의하는 날. 시간에 맞춰 택시를 타고 씽- 초겨울의 바깥 풍경이 따스하게 느껴진다. 친절한 기사님께서 308동 앞에 내려주었다.

503호지? 5라는 숫자가 보이는 현관 앞에 다가가 호출을 해도 아무런 대답이 없다. '어찌 된 거야?' 마침 번호키를 누르고 들어가는 한 아주머니가 있어 따라 들어갔다. 엘리베이터를 타고 5층에서 내렸다. 앗, 그런데 503호가 없다. 갑자기 심장이 두근거리기 시작했다.

나는 불안장애 환자. 예기치 않은 상황에 부닥치면 불안이 해일처럼 밀려온다. 엘리베이터를 탔다. 1층에 내려가 바깥으로 나갔는데 나가는 입구가 없다. 나는 마음을 가까스로 진정시키며 다시 엘리베이터를 타고 1층 아래 L자가 쓰인 지하로 내려갔다. 밖을 내다보니 이번에도 입구가 안 보인다. '아, 어찌해야 하나?' '문은 어디에 있단 말이냐?''

나는 불안장애 환자가 되고 나서 카프카의 '변신', '성', '심판', 뭉크의 '절규' 등이 확연히 이해되었다. 전에는 막연히 그런 작품들이 좋았는데, 이제는 가슴이 베이는 듯 아리게 와 닿는다. '아, 그들도 분명히 나 같은 병을 앓았을 거야!' 이런 병을 앓아보지 않고는 그렇게 선연하게 그런 상황들을 상상할 수 없다는 생각이 든다.

엘리베이터 구석에 쪼그리고 앉아 떨리는 손으로 약을 먹고, 가까스로 밖으로 나와 현기증 속에 비틀거리며 간신히 슈퍼로 들어가고, 부동산 사무실에 들어가고, 전화를 빌려 쓰고...... .

이 세상에 나 혼자 내팽개쳐졌는데, 사람들에게 도움을 구하기가 힘들다. 의심 그득한 눈으로 나를 바라보는 눈빛들은 얼마나 무서운가! 상처 받은 짐승은 위로 받는 존재가 아니라 먹잇감일 뿐이다.

제자 한 분이 부동산 사무실로 찾아와 함께 집으로 들어갔다. 제자들은 이미 다 와 있었다. 훈훈한 집. 나는 술을 마시며 신나게 강의를 했다. 오늘 겪은 참담한 이야기를 실마리로 잡아 오늘의 강의 주제인 '주체적인 삶의 어려움'을 술술 풀어나갔다.

술만 마시면 활력이 솟구치는 몸. 나는 강의 자체가 즐겁다. 강의를 진행할수록 신명이 난다.

정글 속에 내팽개쳐졌어도 내게는 이런 따스한 영역들이 있어 견뎌낼 수 있다. 하지만 이런 따스한 영역이 없었더라면 나는 어떻게 내 병을 견딜 수 있을까?

> 꽃이 보이지 않는다. 꽃이 향기롭다. 향기가 만개한다. 나는 거기 묘혈을 판다. 묘혈도 보이지 않는다. 보이지 않는 묘혈 속에 나는 들어앉는다. 나는 눕는다. 또 꽃이 향기롭다. 꽃은 보이지 않는다. 향기가 만개한다.
>
> – 이상, 《절벽》 부분

그렇다! 인간에겐 생로병사가 고통이 아니다. 따스한 인간의 온기가 없는 세상이 고통이다. 망가지고 자살하는 사람들은 사람의 온기가 없어 그렇게 되는 것이다.

인산의 구원은 인간만이 한다. 신은 '인간의 온기'의 상징이다. 정글이 되어버린 세상. 구원의 손길은 서로의 여리디 여린 손길뿐이다.

현재를 잡아라!

삶이란 현재라는 찰나의 시간 속에만 존재한다. - 석가

영화 '죽은 시인의 사회'에서 키팅 선생님은 학생들에게 말한다. "카르페 디엠!" 이 말은 '현재를 잡아라!'라는 뜻의 라틴어다.

현재를 잡아라! 현대인들의 '삶의 지표'가 된 것 같다.

하지만 현재를 잡는 게 그리 쉬울까? 흔히들 '지금 이 순간'을 즐기는 것으로 해석한다. 맞다. 하지만 '현재'가 어디에 있는데?

'현재'라고 말하는 순간, 현재는 저만치 쏜살같이 날아가 버린다. 아무리 빨리 현재를 생각해도 생각하는 순간, 현재는 허공 속으로 흩어져 버린다.

우리는 오랫동안 과거-현재-미래로 흐르는 시간 속에 살아

왔기에, 현재는 한순간에 과거, 미래가 되어 우리는 늘 쏜살같이 흐르는 시간 속에서만 존재해 왔다. 그래서 이 세상은 항상 미끄럽다 현기증이 난다. 뒤뚱거리다 쓰러져 버릴 것만 같다.

하지만 우리는 '현재를 잡은 경험'이 있다. 어릴 적, '시간 가는 줄 모르고' 놀았던 경험이 있다. 시간도 사라지고, 공간도 사라지고 한순간에 새로운 세계 속으로 빨려 들어갔다.

그 세계는 '무릉도원'이었을 것이다. 한번 나오면 다시는 되돌아갈 수 없는 세계, 우리에게 아득한 기억으로만 남아있는 세계이나.

그 세계에는 오로지 현재만 존재한다. 과거, 미래는 사실 우리의 허상 속에 있기 때문이다.

그럼 현재를 잡게 되면, 우리는 과거도 미래도 없이 살게 될까? 그렇지 않다. 과거와 미래는 현재 속에서 찬란히 빛날 것이다.

과거와 미래는 번개 같은 예감으로 우리에게 존재할 것이다. 우리는 현재를 살아가며 동시에 과거와 미래에 살게 될 것이다.

우리가 어릴 적 무릉도원을 쉽게 빠져 나와 집으로 돌아가고 잠을 자고 다음 날 밥을 먹고 학교에 가듯이. 그리곤 동시에 수시로 무릉도원을 드나들 듯이.

우리는 '현재를 말초적 감각으로 즐기는 쾌락주의자'나 '바쁘게 시간을 쪼개 정신없이 현재를 열심히 사는 사람들'을 '현재를 잡은 사람'으로 오해해서는 안 된다.

그런 사람들은 절대로 현재에 머물 수 없다. 그들은 쏜살같이 흐르는 시간을 애써 망각하며 살아가는 사람들이다.

그들은 매순간 밀려오는 현기증에 진저리를 칠 것이다. '사는 게 다 그런 거지 뭐' 그들은 '허상의 현재'에 사는 사람들이다.

그러니까 그 나이였어…… 시가
나를 찾아왔어. 몰라, 그게 어디서 왔는지,
모르겠어, 겨울에서인지 강에서인지.
언제 어떻게 왔는지 모르겠어,
아아, 그건 목소리가 아니었고, 말도
아니었으며, 침묵도 아니었어,

[......]

그리고 나, 이 미소한 존재는
그 큰 별들 총총한
허공에 취해,
신비의
모습에 취해
나 자신이 그 심연의
일부임을 느꼈고,
별들과 더불어 굴렀으며,
내 심장은 바람에 풀렸어

– 파블로 네루다,《시(詩)》부분

현재를 잡는 것은 우리가 어릴 적 경험했듯이 살 떨리게 생생한 것이다. 우주 자체가 하나의 떨림이듯이. 시인처럼 우주 전체와 연결된 하나의 떨림이 되는 것이다. '영원한 찰나'가 되는 것이다.

소통

언어는 기호의 소통이 아니라 명령어로 기능하는 말의 전달이다.

– 질 들뢰즈

시골에서 살 때였다. '네 살 박이가 뭘 하나?' 하고 여기 저기 기웃거려보다가 토끼장 앞에 쪼그려 앉아 있는 아이를 발견했다. 아이는 토끼에게 풀을 주며 토끼와 말을 주고받고 있었다.

그 경이로운 광경을 한참동안 몰래 보았다. 원시인들은 동물과도 대화를 나눴다고 한다. 원시인의 정신세계를 가진 네 살 박이도 토끼와 대화를 할 수 있는 능력이 있었던 것이다.

그러다 말과 글자를 배워가며 인간은 차츰 이 신화적 능력을 잃어간다. 언어를 넘어서는 생각도 불가능해진다.

그래서 우리는 아무리 많은 말을 해도 마음이 허전하다. 노자가 말했듯 '이름 지을 수 있는 이름은 참된 이름이 아니기 때문'이다. 언어는 '명령어로 기능하는 말의 전달'이기 때문이다.

진정한 소통은 언어를 넘어서는 세상에 있다. 그 세상 속으로 들어가지 않고서는 우리는 누구하고도 마음을 나눌 수가 없다. 소통은 의지가 아니라 능력인 것이다.

소통이 현대 사회의 주요한 화두가 되어 있다. 우리는 그만큼 소통에 목마른 것이다. 하지만 우리의 소통의 의지는 항상 실패하고 만다. 우리가 '언어적 사고'에만 젖어 있기 때문이다.

우리의 사고를 언어의 한계를 넘어 신화적 상상력으로 확장해 가야 한다. 그러기 위해서는 우리는 남들과 끊임없이 마음을 나눠야 한다.

아이들은 다른 아이를 만나면 방긋 웃으며 달려간다. 우리도 그렇게 타인을 향해 달려가야 한다. 이 '아이의 마음' 하나로 우리는 항상 세상 속으로 뛰어 들어가야 한다.

꽃 사이에 술 한 병 놓고 앉아,
친구할 사람도 없이 혼자 마시네.

잔을 들어 밝은 달에게 권했더니,
그림자까지 이제 셋이 되었다네.

〔......〕

내가 노래를 하면, 달은 서성거리고,
내가 춤을 추면, 그림자도 따라 추네.
이렇게 함께 놀다가, 취하면 흩어지네.
덧없이 논 우리 영원히 친구 맺었다가,
아득한 은하수에서 다시 만나세.

　– 이백,《월하독작(月下獨酌)》부분

소통하는 몸으로 만들기 위해서는 시인처럼 우리의 이성을 살짝 잠재워야 한다. 술기운이 오른 몸은 신화적 상상력이 깨어난다. 몸의 떨림이 되살아난다. 다른 사물, 생명체들의 떨림과 만나게 된다.

우주는 커다란 하나의 떨림이고 우리는 그 떨림 속으로 들어가기만 하면 소통은 자연스레 이루어지는 것이다.

우리는 소통을 통해 이 세상의 진리에 이를 수 있다. 진리는 우리의 머릿속에 존재하는 게 아니라 우리의 마음과 다른 존재의 마음이 만날 때 꽃처럼 피어나는 것이기 때문이다.

4부 |

지고 살아라!

성인은 자신을 뒤로 하기에

자신이 앞서게 되고,

자신을 내던지기에

자신이 사라지지 않고 존재하게 된다.

– 노자

지고 살아라!

성인은 자신을 뒤로 하기에 자신이 앞서게 되고, 자신을 내던지기에
자신이 사라지지 않고 존재하게 된다. - 노자

버스가 왔다. 몇 사람이 우산을 든 채 버스 앞으로 다가갔
다. 팽팽한 긴장 속에 순서가 정해진다. '자기 자리'를 지키
기 위해 안간힘을 쓰며 버스에 오른다.

이런 경험을 오래 하다보면 '눈앞의 이익에 몰두하는 소인
배'가 되어 버린다. 나중에는 자신이 왜 그리도 아득바득하
게 사는지도 모르게 된다. 계속 이익을 얻은 건 같은데 인생
이란 큰 판을 보면 완패다.

바둑으로 말하면 계속 상대방의 돌들을 잡았는데, 나중에
보니 자신의 허름한 집들이 상대방의 커다란 집에 갇혀 있
는 것이다. 전투에는 매번 승리했는데 전쟁에는 지고 만 것
이다.

왜냐하면 생명의 존재 법칙이 상생(相生)이기 때문이다. 식물이 산소를 내놓고 동물이 이산화탄소를 내놓아야 모두가 살 수가 있는데, 욕심을 부려 자신이 가진 것들을 내놓지 않는다면 모두 죽게 될 것이다.

동식물들은 이런 이치를 배워서 아는 것이 아니라 본능에 따라 자연스레 행하게 된다. 하지만 인간은 서로 경쟁하다 보니 욕심에 눈이 멀어 자신에게 온 것들을 필요 없이 갖게 된다.

해결책은 사회가 출혈적인 경쟁을 방지해야 한다. 하지만 우리가 살고 있는 '신자유주의'는 무한 경쟁을 먹고 사는 제도이니 쉽게 경쟁이 우리 사회에서 사라지지 않을 것이다.

따라서 우리는 먼저 경쟁의식에 물든 자신의 마음을 정화시켜야 한다. 소탐대실(小貪大失)의 헛된 욕심에 젖어 결국은 인생의 실패자가 되어 버리는 자신을 죽여 버려야 한다.

죽어야 사는 법이다. 씨앗이 썩어야 싹이 돋고 싹은 자신을 죽여 줄기를 키워야 한다. 줄기는 자신을 죽여 잎을 틔우고 꽃을 피워야 한다. 꽃은 자신을 죽여 열매를 맺어야 한다.

죽으면서 사는 것, 이것이 삶의 이치이다. 그런데 우리는 '무한 경쟁'에 젖어 왜 달리는 지도 모르고 무한정 달리고 남을 왜 이겨야 하는지도 모르고 남을 무조건 이기려 한다.

그러다 보면 '오늘도 무사히...... .' 계속 승리하여 살아남았는데 늘그막에 인생의 패배자로 남아 있는 자신을 발견하게 된다. 최후의 승자는 '신자유주의' 뿐인 것이다. 모든 사람은 신자유주의를 위해 노예의 삶을 살았을 뿐이다.

버스를 타며 조금 느긋하게 남에게 지며 뒤에 타는 사람만이 결국은 인생의 승리자가 될 것이다. 처음이 어렵지 이런 마음으로 살다 보면 지고 사는 것이 그다지 어렵지 않을 것이다.

그는 어느새 자신이 인생의 승리자가 되어 있는 것을 발견하게 될 것이다. 인생이란 참으로 어려우면서도 쉬운 것일 것이다. 인간을 제외한 모든 생명체들이 이미 이렇게 살아가고 있으니까.

아버지께서는 살아생전에 항상 말씀하셨다. "지고 살아라!" 험난한 시대를 헤쳐나가시면서 깨달은 삶의 지혜일 것이다.

　　쇠붙이와 점토, 새의 깃털이
　　모진 시간을 견디고 소리 없이 승리를 거두었어요.
　　고대 이집트의 말괄량이 소녀가 쓰던 머리핀만이

킬킬대며 웃고 있을 뿐.

왕관이 머리보다 더 오래 살아남았어요.
손은 장갑에게 굴복하고 말았어요.
오른쪽 구두는 발과 싸워 승리했어요.

– 비스와바 쉼보르스카, 《박물관》 부분

역사는 승리자들의 기록이라고? 그런데 그들은 어디에 있나? 그들의 머리보다 더 오래 살아남은 왕관이 그걸 증명한다고? 왕관이 그들인가?

법

굳세고 강한 것은 죽음의 무리요, 부드럽고 약한 것은 삶의 무리이다.

– 노자

빅토르 위고의 소설 '레미제라블'에서 자베르 형사는 선하게 살아가고 있는 장발장을 왜 그리도 집요하게 잡으러 다녔을까?

그는 자신이 '정의의 화신이어서'라고 생각했겠지만, 사실은 그의 트라우마 때문이었다.

그는 부모가 모두 죄수여서 감방에서 태어났다. 그래서 그는 자신의 어두운 과거를 묻어 버리고 싶어 법의 가혹하고 완전무결한 집행자가 된 것이다.

뒤쫓던 장발장에게서 오히려 목숨을 빚진 그는 법적 정의와 인간애 사이에서 흔들린다. 하지만 그는 자신의 이 섬세한 마음을 이해하지 못한다.

흔들리는 마음, 그것이 인간이 싱싱하게 살아있다는 증거인데. 그는 자신의 흔들리는 마음을 받아들일 수 없었다.

그래서 그는 몸을 던져 센 강 속으로 사라진다. 왜? '굳세고 강한 것은 죽음의 무리'이기 때문이다. 법과 원칙의 화신인 그는 언제든 죽음의 짙은 향기에 취할 수밖에 없기 때문이다.

그가 그토록 지키고 싶어 하던 법적 정의, 과연 옳은 것인가? 도둑질이 정말 나쁜 것인가?

'도둑질을 하지 말라'는 도덕률은 사람에게 재물을 소유할 수 있는 권리, 즉 재산의 소유권이 있음을 전제로 한다. 그런데 과연 인간에게 재물을 소유할 수 있는 권리가 있는 걸까?

땅을 팔라는 백인들을 인디언들은 이해하지 못했다. 인디언들은 땅을 어머니로 생각했기 때문이다. 원시인들은 다 그렇게 생각했다. 그러다 땅에 대한 소유 개념이 생기면서 '도둑질을 하지 말라'는 도덕률이 생겨났다.

그래서 성인들은 우리에게 무소유를 가르친 것이다. 인간의 본성은 무소유인 것이다. 자베르는 빵을 훔친 장발장을 '굳어 있는 법'의 잣대로 재지 말고 '부드러운 인간의 마음'으로 보았어야 했다. 그러면 장발장의 아픔이 보이고 법의 적용을 인간답게 할 수 있었을 것이다.

하지만 그는 자신의 트라우마에 휩싸여 그런 '부드러운 생각'을 할 수 없었다.

우리는 소유가 중심인 사회에 살고 있다. 그러다보니 과도한 법의식을 갖기 쉽다. 그래서 우리는 항상 알 수 없는 죄의식에 시달리고 조그만 잘못을 저지르는 사람들에게도 무서운 증오감이 든다.

하지만 이 모든 생각의 근원에는 우리의 트라우마가 있다. 우리는 누구나 크고 작은 자베르인 것이다. 자베르의 결말은 죽음이다.

　　가지 하나 이파리 하나하나까지
　　흔들리지 않으려 흔들렸었구나
　　흔들려 덜 흔들렸었구나
　　흔들림의 중심에 나무는 서 있었구나

　　– 함민복,《흔들린다》부분

우리는 딱딱하게 굳어 있는 법의식에서 탈출해야 한다. 흔들리는 마음만이, 부드럽고 약한 마음만이 살아 있다. 끝내 마음의 중심을 찾아간다.

일과 휴식

인간은 놀이를 하는 곳에서만 인간이다. - 프리드리히 쉴러

저녁 강의 시간에 한 수강생이 이 시간이 쉬는 시간이 되었으면 좋겠다고 말했다.

강의가 끝난 후 "잘 쉬셨어요?" 하고 물으니, 그 수강생은 쓴 웃음을 지으며 "머리가 오히려 복잡해졌어요."하고 말했다.

우리는 '쉬는 것'을 일하고 난 후 쉬는 것이라고 생각하기 쉽다. 그녀는 낮에 직장에서 고된 노동을 했기에 지금은 쉬고 싶은 것이다.

하지만 그건 쉬는 게 아니다. 일과 쉼, 이 둘은 붙어 있기 때문이다.

진정으로 쉰다는 것은 '일이라는 게 아예 없는 쉼'이다.

실컷 먹고 난 후, 태평스럽게 누워 있는 개. 그 개의 깊은 안식. 일하지 않는 자의 쉼, 이것이 진정한 의미의 쉼이다.

일하는 존재는 인간밖에 없다. 그래서 인간은 쉬어도, 일이 붙어 있어 깊은 휴식이 되지 않는다.

우리의 일이 휴식, 놀이가 되어야 한다. 안에서 신명이 올라와 자신이 일한다는 생각 자체가 없어야 한다.

영혼의 불꽃이 타오르는 삶, 거기엔 노동과 휴식의 구분이 없다. 하나다. 나는 인문학 강의와 글쓰기에서 이런 삶을 찾았다.

마크 트웨인의 소설 '톰소여의 모험'에서 톰소여는 벽에 페인트칠을 하며 자신은 지금 놀이 중이라고 말한다. 친구들도 놀이에 참가하게 하여 노동을 쉽게 끝낸다.

고된 놀이를 한 톰소여와 친구들은 그날 밤 달디단 깊은 잠에 빠져들 수 있었을 것이다.

조주 선사는 말했다.

"아무리 좋은 일이라도 일 없는 것만 못하다."

이런 경지에 도달해야 우리는 쉴 수 있다. 일이 완전히 사라져야(좋은 일마저도) 우리는 비로소 쉴 수 있는 것이다.

　난 취한 채 자고파 그댄 돌아가도 좋으리
　낼 아침 오고프면 부디 거문고 안고 오시라.

　– 이백, 《대작》 부분

술 마시는 게, 시선 이백에게 일이었을까? 휴식이었을까?

조용한 아이

사람은 빛의 모습을 추구한다고 밝아지는 것이 아니다. 어두움을
의식화해야 밝아진다. - 칼 융

어린이집에 다니는 아이가 참으로 성숙했다고 선생님이 칭
찬을 했단다. 전에는 친구들과 자주 싸웠는데 이제는 친구
들과 다툼이 있으면 친구들에게 편지를 보낸단다.

하지만 아이가 정말 우정의 소중함을 스스로 깨달아 그렇게
하는 걸까?

아이는 '싸우지 말고 사이좋게 지내라'는 말을 무수히 들었
을 것이다. 그래서 택한 방법이 편지 보내기일 것이다. 그
방법에 의해 정말 사이가 좋아진다면 참으로 다행일 것이
다.

하지만 이 방법이 싸우는 것보다 좋다는 생각은 착각이다.
진정으로 서로 사이좋게 지내는 법을 깨치기 전까지는 아이

는 여러 방법을 써 보아야 할 것이다. 아이는 싸우면서 크는 것이다.

그런데 우리는 겉보기에 싸우지 않고 조용히 지내면 아이들이 정신적으로 성숙했다고 착각한다. 아이들을 제대로 가르칠 자신이 없으니까 우선 덮고 보자는 심사일 것이다.

하지만 '조용한 사람'은 무서운 것이다. 특히나 '조용한 아이'는 아주 무섭다. 속에서는 뜨거운 용암이 들끓고 있을 테니까. 어떻게 양기가 넘치는 아이가 조용히 있을 수 있나?

우리는 아이의 겉만 보지 말고 속을 들여다보아야 한다. 역시나 아이는 며칠 후 엄마에게 얘기하더란다. "엄마, 나 무서운 꿈을 꿨어. 내가 사람을 마구 찢어 죽였어."

아이 마음속에서는 분노가 들끓고 있었던 것이다. 도덕규범을 가지고 아이를 억누르면 이렇게 되는 것이다.

이제 아이의 마음을 풀어 놓아야 한다. 아이의 마음이 다른 아이의 마음에 부딪쳐 요란한 소리를 낼 때도 있을 것이다. 하지만 그렇게 하면서 마음은 차츰 맑아져 간다.

아빠는 회사에서 물먹었고요

엄마는 홈쇼핑에서 물먹었데요
누나는 시험에서 물먹었다나요

〔......〕

근데요 저는요
맨날맨날 물먹어도요
씩씩하고 용감하게 쑥쑥 잘 커요

  – 박성우, 《콩나물 가족》 부분

우리는 아이들을 믿어야 한다. 그들의 잠재력이 깨어나기를 기다려야 한다.

아이들은 '맨날맨날 물먹어도', '씩씩하고 용감하게 쑥쑥 잘 크니까' 우리는 묵묵히 지켜보며 격려와 지지를 보내야 한다.

친절 거지

자기 연민은 우리에게 최악의 적이다. – 헬렌 켈러

한 대형 마트의 불법 정리 해고를 다룬 영화 '카트'가 인기리에 상영되고 있다고 한다.

대형 마트 계산대에서 '웃음 짓는 아줌마들'을 보면 슬프다. 우리는 왜 그녀들의 웃음을 원하는가?

언젠가 '그녀'를 향해 고래고래 소리를 지르는 중년 남자를 보았다. 그녀는 웃음 짓는 마네킹이 되어 있고.

파출소에서 경찰관을 향해 마구 욕설을 퍼붓는 취객들. 학교에서 자녀 담임교사를 향해 마구 삿대질을 하는 학부모들...... .

외국에 다녀 온 사람들 얘기를 들어보면 외국 대사관 직원들의 불친절에 놀랐다고 한다.

그렇다. 왜 사람은 친절해야 하는가? 다 자신들의 감정이 있는데. 마음이 불쾌한데도 겉으로 친절한 척해야 하는가?

그런 거짓 친절이라도 받겠다는 우리 마음속의 '친절 거지'가 슬프다.

우리가 진정으로 원하는 건, 서로 간의 '인간적인 너무나 인간적인 예의'일 텐데.

우리는 어릴 적 사랑을 거의 받지 못하고 자랐다. 그래서 지금이라도 사랑을 받고 싶은 것이다.

하지만 사랑은 서로 대등한 관계에서 주고받는 것이다. 만만한 약자에게서 강제로 받는 사랑은 진정한 사랑이 아니다.

얼어 죽은 작은 새가 나뭇가지에서 떨어질 때
그 새는 자신의 존재에 대하여 슬퍼해본 적도 없었으리라

  - D.H.로렌스, 《자기 연민》 부분

우리가 친절 거지가 되어 있는 동안, 정작 우리의 운명을 좌우할 국가는 우리 국민에게 친절하지 않다.

온갖 사건 사고들이 우리가 '친절 거지 놀음'에 취해 있는
동안 여기저기서 펑펑 터진다.

통 큰 사람

좀 더 어린애 같으면서도 그전보다도 백배는 더 섬세해진 사람으로
다시 태어나는 것이다. – 프리드리히 니체

오래 전에 문학 모임에 나갔다가 한 잡지사 직원과 얘기를
나누게 되었다. 그녀는 저 유명한 강가에 사는 한 시인을 비
난했다.

"꽤 유명한 시인이잖아요. 그럼 돈도 좀 있을 텐데. 얼마 전
에 전화를 해서는 원고료 달라고 독촉하더라고요."

나는 그녀를 물끄러미 바라보았다. '아니? 당연한 것을 말
하는데, 비난하다니?' 그녀는 내가 반응을 보이지 않자 화
제를 돌렸다.

옛날 그 유명했던 김수영 시인도 원고료를 주지 않는 출판
사에 찾아가 책상을 마구 뒤엎었다고 한다. '참 쪼잔하네...
유명한 시인이?' 이렇게 생각하는 사람들도 있을 것이다.

나도 '쪼잔한 사람'으로 찍혀 당한 적이 있다. 문학 모임 뒤풀이 자리였는데, 누가 나를 '쪼잔한 사람'이라고 했다. 술자리였지만 무척이나 기분이 나빴다. '쪼잔한 사람에게 쪼잔한 사람이라니?'

하지만 오랜 시간이 지나고 나를 알아가며, 세상을 알아가며, 내가 쪼잔한 사람이라는 게 참 다행이라는 생각이 들었다. 통 큰 사람이 되었으면 어떡할 뻔 했나?

통 큰 사람은 반드시 어디선가 아주 많이 쪼잔해야 한다. 성금을 통 크게 수백억씩 기부하는 사람들. 그 큰돈이 어디서 나왔을까?

나는 통 큰 사람을 믿지 않는다.

한때 하늘을 나는 새도 떨어뜨리는 절대 권력을 가졌던 ㅈ씨가 선산에 다녀오면서 마을 이장에게 금일봉을 하사하였는데, 거금 삼천 만원이 들어있었다고 한다.

"역시 통이 크신 분이야!"
이장은 연신 고개를 주억거렸다고 한다.

통이 크다니? 그 돈이 어떻게 그의 손에 쥐어졌는지를 생각하면 과연 그런 말을 할 수 있을까?

만일 그가 땀 흘려 그 돈을 모았다면 선뜻 내놓을 수 있었을까?

　그래서
　나는 정신을 차리고
　길을 걷는다
　빗방울까지도 두려워하면서
　그것에 맞아 살해되어서는 안되겠기에.

　- 베르톨트 브레히트, 《아침 저녁으로 읽기 위하여》 부분

통 큰 사람들은 사랑을 모르는 사람들이다.

사랑을 알면 얼마나 세심해지는가! 빗방울까지도 두려워하는 지극히 섬세한 사람이 되는 것이다.

진리가 너희를 자유롭게 하리라

얻으려면 먼저 주어라. - 노자

TV 프로 '달라졌어요'에 사사건건이 싸우는 노부부가 나왔다. 할아버지는 수시로 고함을 지르며 폭력을 휘둘렀고, 할머니는 이제 더 이상 참을 수 없다며 이혼을 고려하고 있다고 말했다.

하지만 이혼하면 할머니는 정말 행복해질까? 늑대에게 도망치다 보면 호랑이를 만나는 게 삶의 이치다. 할머니는 이혼을 고려하기 전에 먼저 늑대와 상생하는 법을 배워야 한다.

심리 전문가가 할아버지의 폭력의 원인을 검사해 보았다. 역시나 어릴 적 깊은 상처가 있었다. 6살 때 어머니가 돌아가시고 여동생이 죽고 새어머니가 들어왔다. 새어머니는 밥도 제대로 주지 않았다고 한다.

아버지는 이런 새어머니에게 수시로 폭력을 휘둘렀다고 한다. 이때부터 6살 아이는 성장을 멈췄다. 할아버지 속에서 6살 아이는 언제나 울고 있다.

그래서 할아버지는 할머니가 새어머니로 보일 때마다 자신이 아버지가 되어 새어머니를 응징하고 있는 것이다.

할아버지가 간절히 원하는 게 뭘까? 할아버지의 사랑을 받으려면 할머니는 할아버지가 간절히 원하는 것을 먼저 줘야 한다. 이렇게 하는 게 자존심이 상한다고 생각하면 그건 정신적으로 성숙하지 못한 태도다.

파충류는 자신을 공격하는 것들에겐 조건반사적으로 공격한다. 그들에겐 본능적인 충동이 있을 뿐이다. 하지만 인간에겐 감정도 있고 이성도 있다. 이 모든 정신적인 능력들을 다 발휘하고 살아야 인간답게 산다.

나무는 가을에 풍성한 나뭇잎을 흙에게 주기에 봄에 새싹을 틔울 수 있다. 삼라만상의 이치는 상생이다. 우리의 삶의 이치도 이와 같다.

할아버지가 간절히 원하는 것은 자신을 낳아준 어머니다. 어머니의 무조건적인 사랑이다. 이 사랑만 받으면 할아버지는 자신이 가진 것들을 다 준다.

몸 낮추고 벼를 보아라
벼는 혼자 살려고 하지 않는다
〔......〕

몸 낮추고 벼를 보아라
벼 이삭이 혼자 익는 게 아니다
어미 없는 자식이 어디 있으랴
비우고 비워
탱탱한 사랑을 세상 밖으로 내놓는 가을
미련 없이 털어버리는 벼는
또다시 제 몸 썩혀 반년의 생을 접는다

　　- 하병연,《희생》 부분

심리 전문가의 조언대로 할머니가 할아버지에게 무조건적인 사랑을 듬뿍 줬더니 할아버지는 팔을 걷어 부치고 그동안 한 번도 안 하던 집안 청소를 한다.

청소를 다 하고선 아이가 엄마에게 하듯이 할머니에게 "나 잘했지?"하고 두 팔을 들어 올리며 재롱을 떤다.

노부부는 갑자기 금슬 좋은 부부가 되었다. 이렇게 쉽게 달라질 수 있는 게 인간이다.

5부

예술

우리는 오로지 예술을 통해서만
우리 자신으로부터 벗어날 수 있다.
또 오로지 예술을 통해서만
우리가 보고 있는 세계와는 다른,
딴 사람의 눈에 비친 세계에 관해서 알 수 있다.

– 마르셀 프루스트

예술

우리는 오로지 예술을 통해서만 우리 자신으로부터 벗어날 수 있다.
또 오로지 예술을 통해서만 우리가 보고 있는 세계와는 다른, 딴 사람의
눈에 비친 세계에 관해서 알 수 있다. - 마르셀 프루스트

누구나 죽을 때는 도(道)를 깨치게 된다고 한다.

죽는 순간, 자신이 산산이 부서지는 순간, 도저히 어찌 할
수 없이 무기력하게 허물어져 가는 자신을 바라보아야 하
는 순간, 자신이 서서히 녹아 없어져 가며 허공 속으로 흡수
되어 가는 순간, 문득 자신이 이 거대한 우주의 한 부분이자
우주 그 자체임을 소스라치게 깨닫게 될 것이다.

그때 우리는 비로소 '자신'이라는 굴레를 벗어나게 될 것이
다. '아, 얼마나 나는 자그마한 것들에 분노하며 하잘 것 없
게 살았던가!' 그는 이제 성자처럼 살 수 있음을 깨닫게 될
것이다.

이 깨달음이 누구에게나 생전에 온다면 얼마나 좋겠는가? 그렇게 되면 우리가 사는 이 세상이 지상낙원이 될 수 있을 텐데.

우리는 지금 아비규환의 생지옥에 산다. 뉴스 보기가 두렵고 인터넷 열기가 두렵다. 막장까지 간 느낌이다.

하지만 우리는 이 막장에서도 '깨달음'을 얻지 못할 것이다. 아직 막장이 오지 않았다고 생각하는 사람들이 많을 테니까. 그들은 막장에서 비명 지르는 사람들의 호주머니를 털기에 정신이 없다.

예술가는 잠수함의 토끼 같은 존재들이라고 한다. 잠수함이 물속에 너무 오래 있으면 산소가 희박해진다.

둔감한 사람들은 태평해하지만 민감한 토끼는 숨을 헐떡거리게 된다. 사람들은 토끼를 보고 잠수함을 물 위로 올라가게 했다고 한다.

현대 예술이 괴기스럽고 고통스러운 것은 이 세상이 고통스럽고 괴기스럽기 때문이다.

왜 좀 더 위안을 주는 예술이 없느냐고 묻는 사람들은 예술을 모르는 사람들이다. 예술은 결코 위안을 주는 게 목적이 아니라 견딜 수 없이 불편하게 하는 것이 목적이기 때문이다. '이 렇게 살 수는 없어!' 비명 지르게 하는 것이기 때문이다.

세상에 위안을 주는 것들은 많다. 온갖 드링크 종류, 마약류 들은 넘치도록 많다. TV, 영화, 드라마, 책 속의 따스한 이 야기들은 또 얼마나 많은가? 교회, 사찰, 상담실에서도 우 리는 온갖 위안을 받을 수 있다.

하지만 산소가 부족해지는 잠수함에서 우리에게 진정으로 필요한 것은 토끼의 숨넘어가는 헐떡거림이지 따스한 위안 의 말이 아니다.

　서로가 곧 이해했던 것은
　다만 수렁 속에 같이 있을 때뿐이었다.

　– 하인리히 하이네,《그들은 나를》부분

사람은 누구나 수렁 속에 같이 있을 때는 동지가 된다. 서로 를 따스하게 감싸 안는다. 지금 우리는 이 참혹한 세상의 수 렁에 함께 빠져 있다.

그런데 우리는 드링크 종류를 너무 많이 마셔 이 긴박한 상황을 직시하지 못하고 있다. 그래서 밤거리엔 여전히 사람들이 흥청댄다.

'좋은 시', '좋은 소설', '좋은 동화', '좋은 에세이', '좋은 영화', '좋은 미술', '좋은 음악', '좋은 연극'...... 은 우리를 막장에 떨어지게 하는 것이다. 죽음의 밑바닥에 사정없이 내팽개쳐지게 하는 것이다.

그래서 자신이 산산조각 나는 임사체험을 하게 하는 것이다. 그렇게 하여 '새로운 인간'으로 거듭나게 하는 것이다.

분노

분노는 영혼의 원동력 가운데 하나이다. 그래서 분노가 없는 사람의
마음은 불구이다. - T. 플러

그는 얼굴에 분노가 가득했다. 그저께 밤에도 치킨집에 갔
다가 주인과 싸웠단다. 이유인즉 자신보다 늦게 주문한 사
람에게 치킨을 먼저 주었단다.

처음에는 주인에게 항의하고 그래도 먹히지 않자 고래고래
소리를 지르고 급기야 경찰이 출동하고서야 진정이 되었단
다.

지친 그의 얼굴에서 나는 풋풋한 희망을 보았다. 40대 중반
의 남자. 아직 세상 물정에 어두운 그가 나는 신선하게 느껴
졌다.

보통 남자들이라면 속으로는 분노가 치밀어 오를지라도 체
면을 생각하여 적당히 넘어갔을 것이다. 그리곤 뒤끝이 없

는 곳에서 분노를 터뜨리겠지.

지금 우리 사회처럼 불합리한 사회에서 분노하지 않는다면 그의 영혼은 회생 불가능할 정도로 망가졌을 것이다.

아이들은 어머니가 오랫동안 자신의 마음을 받아주지 않으면 살아남기 위해 자신의 얼굴을 무표정한 얼굴로 바꾼단다.

언뜻 보면 참을성이 많고 예의바르게 보이는 이런 아이들 속에는 엄청난 분노가 들끓고 있다고 한다.

그래서 나는 무표정한 사람들이 무섭다. 그들 속에는 활화산 같은 분노가 들끓고 있을 것이다.

그들은 살아남기 위해 오랫동안 그 뜨거운 용암을 억지로 속으로 삼켰을 것이다. 그들 속은 새까맣게 다 타 버렸을 것이다.

그들의 망가진 영혼은 주변의 약자들을 괴롭힌다. 늙은 부모, 아내, 자식, 부하직원, 나약한 이웃들...... 그들에게 분노의 용암을 쏟아내며 그들은 간신히 자신의 생(生)을 견뎌내고 있다.

분노가 밖으로 터져 나오지 않게 딱딱하게 굳은 얼굴 표정들. 그들의 분노의 칼끝은 언제나 세상 사람들을 향해 있다. 언제 그들은 괴물로 화할지 모른다.

우리는 분노 속에서 사랑을 발견해야 한다. 우리가 사람들에게 분노하는 것은 그들을 사랑하기 때문이다.

　나, 아무래도 지뢰인가봐 늘 인적 드문 곳에
　몸을 숨기지 숨겨 기다리지 흙처럼 오직
　사람 발자국만 모른 척 모른 척

　마침내 누군가 다가오지 멋모르고 닿아오지
　그 순간 그 환희 너무 두려워
　폭발하고 말지 산산조각 폭발하고 말지

　- 김경미, 《고백》 부분

다가가 하나가 되고 싶은데 그들이 우리를 거부하니까 우리는 그들을 파괴하는 것이다. 함께 부서지면서 하나가 되려는 것이다.

우리는 서로를 파괴하지 않고 하나가 되는 길을 찾아내야

한다. 죽음에 이르지 않고 하나가 되는 길. 그것이 사랑이
다. 우리가 가야 할 유일한 길이다.

분노하라

분노가 터져서 책을 썼다. - 사마천

'화와 분노는 다르다'는 글을 읽었다. 맞다. 화는 개인적이라면, 분노는 사회적, 공적이다.

그래서 화를 다스리라는 책들이 많다.

하지만 우리 삶에서 두 개가 선명하게 나눠질까?

사마천은 흉노족에게 항복한 이릉을 변호하다가 궁형이라는 치욕적인 형벌을 당하게 되었다.

그는 말했다. "분노가 터져서 책을 썼다." 그는 분노를 삭이며 불후의 역사서 '사기'를 쓴 것이다.

그가 말하는 '분노'는 화였을까? 분노였을까?

1789년의 프랑스 대혁명은 근대민주주의를 열었다. 그 위대한 혁명을 일으킨 시민, 민중들은 화를 낸 것일까? 분노를 한 것일까?

혁명을 일으킨 사람들이 역사의 큰 강물의 물줄기를 바꾼다는 치열한 역사의식을 갖고 혁명의 대열에 동참했을까?

처음에는 화가 나 들고 일어났다가 함께 행동하면서 차츰 역사의식이 싹트고 화들이 모여 커다란 분노의 불길로 타올랐을 것이다.

그래서 우리는 둘을 나누어 사고하기보다는 어떻게 화의 에너지를 분노의 에너지로 승화시키느냐를 항상 고민해야 할 것이다.

사마천도 처음에는 화가 나 사기를 쓰려고 했을 것이다. 자신은 분명히 잘못이 없는데 억울한 일을 당하니 누구에게 하소연을 해야 하나?

'역사에 남기자'라고 생각했을 것이다. 그러다 인간사 전체에 대한 통찰이 생기면서 커다란 분노의 에너지로 동양 최고의 역사서 사기를 쓸 수 있었을 것이다.

따라서 우리는 개인의 화를 다스리는데 집중하기보다는, 각자의 화들을 사회변화의 에너지인 분노로 승화시킬 수 있는 건강한 영역, 공간을 건설하는데 집중해야 할 것이다.

고대 그리스의 아테네가 민주주의의 꽃을 피울 수 있었던 것은 아고라 광장이 있었기 때문이다.

아고라 광장에서 개인적인 화들이 모며 아테네라는 공동체 사회를 아름답게 가꾸어 가는 분노의 에너지로 승화할 수 있었던 것이다.

화를 다스리는 책들이 베스트셀러가 되는 현상은 슬프다. 개인의 화를 다스린다고 우리가 잘 살 수 있을까? 사회적 동물인 인간은 사회가 건강하게 되지 않으면 건강하게 살 수가 없다.

우리는 건강한 토론의 장, 공론장을 살리려 노력해야 한다. 우리가 속한 가정, 직장, 단체, 국가, 세계에 공론장을 활성화시켜 가야 한다.

우리는 '정의란 무엇인가'에 열광했다. 하지만 화가 분노로 승화하는 공론장이 바로 서지 못하면 그 정의, 공정에 대한 열망은 사회변화의 에너지가 되지 못한다.

꽃에게 화내고 있다.

풀에게 화내고 있다.
깃털을 집어 던지며
지푸라기를 집어 던지며
발을 구르면서.

– 이성미, 《화내고 있다》 부분

광장, 인터넷 공간, 언론 매체 등 공론장이 건강하게 서 있지 않은 사회에서 우리는 꽃에게, 풀에게 마구 화풀이를 하게 된다.

충동

어느 날 내 삶이 멈추겠지만, 내 죽음이 내 삶을 규정하지 않고, 내가
늘 생의 충동이기를 바란다. – 장 폴 사르트르

오늘 강의 시간에 한 수강생에게서 감동적인 얘기를 들었다.

"이웃집 아이가 저희 집에 놀러와 저희 아이랑 재미있게 놀고 있었어요. 그런데 그 아이가 갑자기 '충동적으로' 비행기하고 로봇 장난감을 혼자서 갖고 놀겠다고 떼를 쓰는 거예요. 저번 시간에 공부한 게 생각났어요. 그래서 그 아이에게 좋아하는 장난감을 다 주었어요. 그랬더니 그 아이가 장난감을 혼자 다 갖겠다는 생각을 버리고 저희 아이하고 잘 놀더라구요."

이웃집 아이에게 "친구랑 친하게 지내야지 그러면 못 써." 하고 설득하려 했다면 오히려 역작용이 일어났을 것이다.

저번 강의 시간에 공부한 게 '인간은 충동적 존재'라는 거였는데, 그 수강생은 그 '충동'을 잘 승화시켜 준 것이다.

우리는 '인간은 이성적 존재'라고 배워 왔다. 그래서 우리는 충동을 억제하며 이성적으로 살려고 노력해 왔다.

그런데 왜 세상엔 충동적인 인간들이 벌이는 엽기적인 사건들이 시도 때도 없이 일어나는 걸까? 아직 '이성적 인간'이 덜 되어서 그런가? 그렇다면 이성적 인간이 된 경우는 얼마나 되는가? 평범하게 사는 우리는 과연 얼마나 이성적인가?

인간은 동물에서 진화해 왔기에 충동이 강하게 남아 있다. 충동에 따라 살던 인간이 이성을 획득하게 된 지는 얼마 되지 않는다. 따라서 우리에겐 이성은 아주 미약하다.

그런데 우리는 이 미약한 이성으로 인간을 규정하려 한다. 그러다보니 충동은 무의식 속으로 숨어 버린다. 심층심리학자 융이 말하는 '그림자'가 형성된다. 이 그림자는 항상 우리를 따라다닌다.

그 그림자를 빛 속에 내놓으면 서서히 사라지고 마는데, 우리는 이 그림자가 두려워 없는 척 한다. 그러다보니 그림자는 언제 어디서 출몰할지 모르는 괴물로 우리 속에 깊숙이 자리 잡고 있다.

나도 내 안의 검은 그림자 때문에 너무나 힘겹게 살아왔다. 내 안에서 뭔가 꿈틀거리는데 그 정체를 몰랐다. 늘 힘들고 불안했다. '에고 사는 게 다 그렇지 뭐'하고 바쁜 생활에 나를 맡겼다.

삶은 뜬 구름처럼 지나갔다. '이게 사는 게 아닐 거야' 직장을 그만두고 '나를 찾아가는 여행'을 했다.

문학 공부할 때가 가장 편안했다. 함께 공부하는 벗들과 밤새워 술을 마셨다. 갑자기 눈물이 줄줄 흘러내렸다. 혼자서 통곡했다. 한강 고수부지에서 듣는 강물소리가 너무나 좋았다.

언젠가는 패싸움도 했다. 학창 시절에 싸움 한번 제대로 못해 본 내가 30대 후반에 패싸움이라니! 경찰서에 끌려가는데 그렇게 마음이 편안했다. 훈방 조치되어 온몸에 피를 묻힌 채 새벽 전철을 타고 집에 왔다. 흘긋흘긋 보는 사람들 시선이 너무나 좋았다.

'나도 인간이란 말이야!' 그렇게 '충동적으로' 몇 년을 보냈다. 마음이 편안해졌다. 내 안의 충동이 고분고분해지고 있었다. 불교에서는 이것을 심우도(尋牛圖)로 설명한다. 내 안의 소와 하나가 되는 것! 나는 소를 타고 너무나 자유롭게 길을 간다.

애들은 싸우면서 커야 하는데 나는 그런 어린 시절을 보내지 못했다. 다 커서 그 때 못한 것을 하고서야 어른이 될 수 있었다. 항상 불만 가득한 눈으로 누구 싸울 사람 없나 하는 표정의 어른들을 많이 본다. 싸우면서 크지 않아 아직 어른이 되지 못한 사람들이다.

우리 안의 충동은 잘 가꾸면 우리를 아름다운 인간이 되게 한다. 하지만 가꾸지 못하고 억제만 하면 그것은 짓눌린 용수철처럼 튀어 오르려고만 한다. 시도 때도 없이 우리를 마구 날뛰게 한다.

시간이 나면
아프겠지 남겨둔 안식처럼
상처가 쑤시겠지 통증이 한 번
크게 파도칠 때까지 기다리면
손목을 긋는 충동이 달려와 주겠지
시간이 나면 거지같은 슬픔들이 우우
몰려오겠지 더럽게 추근대며

– 이상희,《시간이 나면》부분

137

우리는 '시간이 나면' 무슨 일이 벌어질지 안다. 두렵다. 그래서 눈코 뜰 새 없이 바쁘게 살아간다.

우리의 마음이 마구 파도치게 놔두어야 한다. 차츰 파도를 타는 법을 알게 될 것이다. 파도를 타고 가고 싶은 곳으로 가게 될 것이다.

담배씨만치만 보고 가소

보는 사람은 권력자이고 보이는 사람은 권력에 예속된 사람이다.

– 장 폴 사르트르

전철역 계단을 헉헉 올라간다. 몇 계단 앞에서 풍만한 몸의 한 처녀가 올라간다. 그녀는 자신의 엉덩이를 가방으로 가리고 있다. 뒤에서 누가 볼까봐 가리고 있을 것이다.

갑자기 내 눈은 시야를 잃는다. 눈앞을 똑바로 볼 수도 없고, 그렇다고 옆을 볼 수도 없고, 내 자세가 어정쩡해진다. 허적허적 간신히 계단을 다 올라가자 그 처녀는 가방을 옆으로 내린다. 이제 마음 놓고 봐도 된다는 건가. 복작거리는 사람들 속에서 나는 죄스러워진다. 초라해진다.

다른 여자들도 본다. 가지가지의 옷들, 옷을 보면 그 여자가 자신의 몸을 어떻게 생각하는지가 보인다. 자신들의 '몸값 (?)'을 여자들은 정확히 알고 있는 듯하다. 남자들도 그 몸값을 정확히 알고 있는 듯하다.

엉덩이를 가린 처녀는 자신의 높은 몸값을 그렇게 은근히 과시하고 있었는지도 모른다. '아무나 보지마!' 그 처녀가 자신의 몸을 '합법적으로 볼 수 있게 하는 남자'는 따로 있을 것이다.

시선이란 보이는 것들을 장악한다. 그래서 함부로 보면 강자가 '눈 내리 깔아!'라고 명령한다. 세상엔 보는 사람들과 보이는 것들(사람을 포함하여)로 나눠진다. 보는 사람들은 강자고 보이는 것들은 약자다.

그래서 '마주보는 것'만큼 아름다운 것은 없다. 그런데 우리는 무엇을 마주볼 수 있을까? 길을 가다 마주치는 사람들, 우리는 그들과 마주 보고 있는 걸까? 분명히 한 사람은 보고 있고, 다른 한 사람은 시선을 피할 것이다.

나무를 봐도 우리는 마주 보지 못한다. 온 몸을 무장해제하고 서 있는 나무와 '만물의 영장'인 사람의 시선은 다를 수밖에 없다.

TV에서 다큐멘터리 '아마존의 눈물'을 보면서 나는 원시인들의 눈을 주로 봤다. 그들의 눈은 한없이 아름답다. 하늘의 해처럼, 달처럼, 별처럼, 그들의 눈은 그냥 보고 있다. 삼라만상 모두 평등하게 보고 있다. 그들의 눈앞에서 모두 평등하다.

그들은 나무를 볼 때나 벌거벗은 사람을 볼 때나 눈빛이 똑같다. 남녀노소를 볼 때도 똑같았다. 그들의 세상에서는 모두 '누드'이기 때문일 것이다.

> 상주 함창 공갈못에
> 연밥 따는 저 처자야
> [......]
> 모시야 적삼에 반쯤 나온
> 연적 같은 젖 좀 보소
> 많이야 보면 병 난단다
> 담배씨만치만 보고 가소
>
> - 우리 민요, 《상주 모내기 노래》 부분

무더위가 기승을 부리는 나날들이다. 우리가 시원한 옷차림의 서로를 담배씨만치만 보고 갈 수 있다면 얼마나 좋을까?

답은 내 안에 있다

인간은 천지의 기운을 받고 태어났다, 고로 마음 안에 모든 것이
구비되어 있다. – 왕양명

베스트셀러 작가이자 미국 명문대 출신의 ㅎ 스님의 강연을
TV로 들은 적이 있다. "아이가 넘어졌을 때 혼자 일어나게
하세요. 혼자 일어서는 힘을 길러야 해요." 맞는 말일까?

몇 년 전 모 대학의 심리학 교수가 쓴 글을 읽었다. 학부모
상담을 할 때, '아이가 넘어졌을 때 혼자 일어서게 하라'고
답해 주었는데, 나중에 생각해 보니 틀렸더라고.

'아이마다 다르죠. 혼자 일어서지 못 하는 아이에겐 일으켜
세워줘야지 좌절하지 않게 돼요.'

우리 조상님들은 이런 아이를 위해서 방바닥을 탁탁 치며
방바닥을 혼내 주어 아이에게 용기를 잃지 않게 해 주었다.
이 당연한 답을 그 전문가는 깨닫는 데 참 오랜 시간이 걸렸

다.

나는 짓궂은 생각이 나 강의 시간에 베이비시터 하는 분에게 질문을 했다. "아이가 넘어졌을 때 일으켜 세워줘야 하나요? 아니면 혼자 일어서게 해야 하나요?"

그 분은 뭐 그런 것을 다 묻는다는 표정으로 "아이마다 다르죠. 아이마다...... ."하고 말했다.

그렇다. 아이마다 다르다. '줄탁동시(啐啄同時)'라는 사자성어가 있다. 안과 밖에서 함께 해야 일이 이루어진다는 말이다.

병아리가 안에서 껍질을 쪼는 것을 줄이라 하고 어미닭이 밖에서 껍질을 쪼는 것을 탁이라 하는데 이것이 함께 이루어져야 부화가 가능하다는 비유에서 나온 고사성어다.

병아리가 알에서 혼자 힘으로 나올 수 있으면 어미 닭은 그냥 둔다. 하지만 혼자 힘으로 나올 수 없으면 밖에서 같이 쪼아 준다고 한다. 혼자 힘으로 나올 수 있을 만큼만.

사람에게 가장 무서운 건 관념이다. 어떤 생각의 틀. 생각의 틀을 깨라는 가르침을 가장 중시하는 스님이 이런 우를 범한 것이다. 독립심을 강조하는 미국 문화가 그를 그렇게 생각하게 했을 것이다.

   밤하늘엔
   나를 꺼내려는 어미의
   빗나간 부리질이 있다

   반짝, 먼 나라의 별빛이
   젖은 내 눈을 친다

    – 이정록,《줄탁》부분

답은 언제나 우리 안에 있다. 그냥 엄마의 마음이 되어보면 쉽게 알 수 있는 답이다. 하지만 '좋은 엄마'라는 마음의 틀을 가지면 너무나 어이없게도 틀릴 수 있을 것이다.

자유와 방종

자유에는 사랑이 있어야 한다. - 김수영

'자유에는 책임이 따라야 한다'고 한다. 그렇지 않으면 방종이 된다고 한다. 이 말을 부정할 사람은 아무도 없을 것이다.

하지만 현실에서 이 명제를 그대로 적용하기엔 너무나 큰 어려움이 따른다.

작은 행동에서야 자유인지 방종인지 쉽게 구분이 되지만 큰 문제에서는 책임의 한계를 따진다는 게 거의 불가능에 가까울 만큼 어렵다.

남녀의 사랑, 부모의 양육, 교사의 훈육, 공무원들의 공무 집행, 사업가들의 회사 경영, 정치가들의 나라 살림살이...... 이런 것들에게서 우리는 자유와 방종을 명확히 가려낼 수 있을까?

한국의 대표시인 김수영은 말했다. "자유에는 사랑이 있어야 한다."

석가의 출가를 생각해 보자. 그는 한 나라의 왕자이고 처자식을 거느린 가장이었다. 그런데 그는 어느 날 밤에 집을 나가버렸다. 이런 행동이야말로 전형적인 방종이 아닌가?

하지만 그는 가슴 깊이 '중생에 대한 사랑'을 품고 있었다. 그 사랑의 힘으로 깨달음을 얻고 중생제도에 나섰다. 그의 아내와 아들도 그에게 귀의했다.

그가 결국은 책임을 다했기에 그의 출가는 방종이 아니고 자유일까? 그렇다면 그가 깨달음을 얻지 못했다면 그의 출가는 자유가 아니고 방종이 되는 건가?

그는 가슴 가득히 사랑을 품었기에 깨달음을 얻지 못했더라도 그의 출가는 자유로 봐야 할 것이다.

그가 깨달음을 얻지 못했어도 그의 아내와 아들도 결국은 그의 마음을 알았을 것이다. 그럼 그는 책임을 다 한 게 아니겠는가?

너의 자유로운 혼이 가고 싶은 대로
　너의 자유로운 길을 가라.

　- 알렉산드르 푸시킨, 《시》 부분

인간이 자신의 행동에 어떻게, 어디까지 책임을 질 것인지를 결정하는 것은 참으로 어렵다.

그래서 '자유로운 혼이 가고 싶은 대로' 가는, 사랑이 자유의 필요충분조건이라는 생각이 든다.

6부

선문답(禪問答)

하나의 세계를 만나기 위해서는

반드시

하나의 세계가 깨져야 한다.

– 헤르만 헤세

선문답(禪問答)

하나의 세계를 만나기 위해서는 반드시 하나의 세계가 깨져야 한다.

– 헤르만 헤세

엄마가 아이더러 '너, 이상해.'라고 말했더니 아이가 눈을 동그랗게 뜨고 생글생글 웃으며 '엄마, 나, 이 안 상했어!'라고 하더란다.

엄마는 어떤 반응을 보여야 할까? 누가 '너, 이상해'라고 말하면, 상대방은 '이상하다'고 솔직히 인정하든지 '안 이상하다'고 자기변명을 해야 하는 게 아닌가?

그런데 생각해 보자. '이상해' 이 말은 엄청난 폭력을 담고 있다. 말하는 사람은 '이상하다-정상이다'를 판별하는 권능을 가졌고, 듣는 사람은 그 틀에 자신을 맞추게 강제하는 것이다.

우리는 '정상-비정상'이 있다는 착각을 한다. 하지만 그건 우리의 이성(理性)이 그렇게 규정한 것이다. '어떤 이성의 눈'을 버리고 나면 '정상-비정상'은 한순간에 사라져 버린다.

엄마가 아이더러 '이상해'라고 말했을 때, 아이는 직감적으로 엄마가 자신에게 강요하려는 생각의 틀을 알고 있었다.

그래서 아이는 그 생각의 틀에 갇히지 않기 위해 '엄마와는 전혀 다른 생각의 틀'로 대응하고 있는 것이다.

아이의 어법(語法)이 선불교에서 말하는 선문답(禪問答)이다. 우리가 무심코 쓰는 말에는 어떤 생각의 틀이 있다. 그 어법을 쓰는 한, 우리는 그 생각의 틀에 갇혀 있다. 자유인(自由人)이 아니다.

우리가 자유인이 되려면 남이 강요한 어떤 생각의 틀에서 벗어나야 한다. 그래서 선불교에서는 이 아이처럼 말장난(?)을 함으로써 생각의 틀에서 벗어나는 대화를 하는 것이다.

이 아이는 엄마의 세계관을 벗어나 자신의 세계를 창조하기 위해 이런 대화를 하고 있다. 하나의 세계를 만나기 위해서는 반드시 하나의 세계가 깨져야 하기 때문이다.

말라 비틀어지게 해,
거세해버려라,
짓밟아버려, 멋진 수탉처럼,
목을 비틀어버려, 유리사처럼,
털을 꺼내버려, 투우처럼,
수소처럼, 질질 끌고 가라,
가르쳐준 대로 해, 시인아,
말들을 서로 삼켜버리게 해라.

  – 옥따비오 빠스,《시》부분

시(詩)는 '절(寺)에서 쓰는 말(言)'이라고 한다. 선문답 같은 말. 그래서 시인은 '말들을 서로 삼켜버리게 해라.'고 한다.

말은 우리의 생각 자체다. 말들이 서로 삼켜 사라진 자리에서 피어오르는 자신의 말, 그게 시다.

아낌없이 주는 나무

생명은 전체로서 하나의 거대한 물결과도 같은 것이다. 이 물결은 하나의 중심에서 전파되고 그 원주(圓周)의 거의 모든 부분에 멈춰서서 곧장 진동으로 바뀌어 진다. – H. 베르그송

'아낌없이 주는 나무'라고 한다. 맞다. 나무는 모든 것을 남들에게 준다. 꽃을 피워 향기를 주고, 열매를 맺어 먹을거리를 주고...... 그러다 끝내는 온 몸뚱이를 남들에게 다 내주어 지상에 그의 흔적조차 남기지 않는다.

하지만 '아낌없이 받는 나무'라고 해도 맞다. 나무는 씨앗에서 깨어나자마자 대지의 단물 흐르는 젖가슴에 굶주린 입술을 댄다. 무럭무럭 자라 지상에 얼굴을 내밀고 햇살과 바람을 마음껏 받아먹으며 잎을 틔우고 쑥쑥 줄기와 가지를 뻗어간다.

삼라만상 모두 그렇게 살아간다. 아낌없이 받으며, 아낌없

이 주면서, 한 세상을 살다간다.

사람도 원시시절에는 그렇게 살았다. 그러다 문명사회가 되면서 '아낌없이 주는 사람'도 생겨나고 '아낌없이 받는 사람'도 생겨났다.

그런데 왜 우리는 아낌없이 주는 나무를 칭송할까?

태양은 우리에게 아낌없이 빛을 주지만 빛은 그에게 필요한 게 아니다. 따라서 우리는 태양에게 고마워할 필요가 없다. 아니 절대 고마워하지 말아야 한다. (누군가에게 고마워하면 다른 누군가는 미워해야 한다.)

우리가 마음껏 마시는 산소도 나무에겐 필요 없는 내보내야 할 배설물일 뿐이다. 우리에게도 이런 것들이 아주 많다. 주고 싶어도 줄 수 없는 게 문제다.

우리는 먹다 남은 음식을 이웃에게 줄 수 있는가? 길가다 힘겨워하는 할머니의 짐을 대신 들어줄 수 있는가?

주고 싶어도, 받고 싶어도, 주고받을 수 없는 이 세상에서 아낌없이 주는 나무를 칭송하는 것은 그로테스크하다.

대지의 단물 흐르는 젖가슴에
굶주린 입술을 대고 있는 나무

여름엔 머리칼에다
방울새의 보금자리를 치는 나무

가슴에 눈이 쌓이고
또 비와 함께 다정히 사는 나무

  - 조이스 킬머, 《나무들》 부분

사람은 필요하니까 아낌없이 받기도 하고, 필요 없으니까 아낌없이 주기도 하는, 한 그루 나무가 되어야 한다.

사람을 아낌없이 주는 나무라고도 아낌없이 받는 나무라고도 하지 말아야 한다.

항상 깨어 있어라

문제는 늘 내 안의 한 생각이다. – 라마 크리슈나

함박눈이 내렸다. 새하얗게 쌓인 눈을 보며 마냥 즐거워야 할 텐데. 강의 갈 걱정부터 앞선다. 눈 내리는 것을 즐거워 하지 않는다면 나이 들었다는 징조란다.

아침을 든든하게 먹고, 두터운 점퍼를 입고, 등산화를 신고, 조심조심 눈길을 걸어 차도로 갔다. 아, 역시 택시가 보이지 않는다. 큰 길로 가야 하나 보다. 한참을 걸어 큰 길로 가서 택시를 기다려 보았다.

멀리서 '빈차'라는 빨간 불을 켜고 택시가 오는 게 보였다. 아, 다행이야! 숨을 고르며 기다리는데, 한 아주머니가 건너 편에서 달려오더니 내 앞에서 택시를 타려 했다.

"아주머니, 제가 기다리고 있잖아요." 그러자 그 분은 계면 쩍어 하며 옆으로 비켜섰다.

택시를 타고 방향을 얘기했다. 잠시 후 기사님이 넌지시 말했다. "그 아주머니에게 어디가시냐 물어보지 그랬어요?" "네?" 그렇구나! 방향이 같으면 같이 타도 될 텐데. 미처 그 생각을 하지 못했다.

나는 크게 병치레를 겪은 후에는 추운 날이나 피곤할 때는 극도로 예민해진다. 갑자기 어지러워지기 때문이다. 세상이 빙글빙글 돌아가면 거기가 어디건 주저앉아 쉬어야 한다.

그래서 오늘 같은 날은 오로지 내 한 몸만 생각한다. 오로지 목표만을 향해 간다. 다른 데 마음을 쓸 수가 없다.

하지만 '이 과오'를 내 몸이 약한 것으로 충분히 변명할 수 있을까? 지혜의 부족이다. 인문학을 강의하는 내가 삶 속에서 지혜를 터득하지 못했기에 일상 속에서 나는 그 상황에 딱 맞는 행동을 하지 못했던 것이다.

현대사회는 큰 공장처럼 돌아가는 사회다. 우리는 시간에 맞춰 째깍째깍 기계들과 함께 돌아가야 한다. 그러다보면 우리는 어느 새 기계가 되어버린다.

따라서 우리는 기계가 되지 않으려면 일상 하나하나를 성찰하며 살아야 한다. 그래서 성자들은 "항상 깨어 있어라."고 했다.

내가 삶에 대한 성찰을 게을리했기에 택시 기사의 눈에는 훤히 보이는 것을 기계가 되어버린 나의 사고는 볼 수가 없었던 것이다.

> 돌 앞에 앉아 울고 싶은 날이 있다
> 하루를 산다는 것은 얼마나 무서운가
> 인간으로 산다는 것은 얼마나 부끄러운가
>
> - 정영상, 《돌 앞에 앉아》 부분

다음엔 오늘의 과오를 저지르지 않을 수 있을까? 그 아주머니의 얼굴이 눈앞에 선연하다.

반성

나에 대한 자신감을 잃으면 온 세상이 나의 적이 된다.

– 랄프 왈도 에머슨

아주 오래 전에 초등학교 3학년이던 막내 아이가 일기 쓰는 것을 본 적이 있다. 뭐라고 한참을 쓰는 듯하더니 골똘히 명상에 잠겨 있다.

'무슨 생각을 저리도 깊이 하나?'하고 일기장을 슬쩍 훔쳐봤더니 '반성란'에 갇혀서 꼼짝달싹 못하고 있다.

'뭐 잘못했지?' 혼자 중얼거린다. 아무리 찾아봐도 잘못한 게 없나 보다.

나는 속으로 킥킥 웃으며 막내둥이가 '일부러라도 뭘 잘못할 걸…'하고 반성하고 있을지도 모른다는 생각을 했다.

'IMF 사태'가 일어났을 때 우리는 '내 탓이오!' 스스로의 가슴을 치며 '국가 부도 사태 죄인들'을 다 용서해 주었다.

'반성(反省)'은 말 그대로 '반대로 성찰하는 것'이다. 인간의 마음 깊은 곳엔 지혜의 빛이 있다.

그래서 우리의 눈엔 자신과 세상의 잘잘못과 해결책이 훤히 보인다. 이 지혜의 빛을 자신 안으로 향하게 하자는 게 반성이다.

원시 부족사회가 철기문명을 거쳐 대제국이 탄생하면서 '반성의 철학'이 등장한 것이다. 서양의 소크라테스, 동양의 공자가 이 반성의 철학을 열었다.

그런데 우리는 자신의 마음을 성찰하여 자신의 인품을 높이고 세상을 아름답게 가꿔가는 힘을 기르는 공부가 아니라 단지 자신의 잘못만 지적하여 자책하는 것으로 반성하는 공부를 했다.

이렇게 형성된 인간형은 민주주의적 인간형에 맞지 않는다. 근면성실하게 죄의식에 시달리는 인간이 어찌 '세상의 주인(민주)'이 될 수 있겠는가?

　아, 반성하는 자 고통으로 가득 찬 날들

차라리 지옥은 얼마나 아름다울까

- 함민복, 《우울氏의 一日 8》 부분

우리는 어린 시절 오랫동안 반가사유상처럼 '반성'하는 묵
언 수행을 했다. 그 결과 어른이 된 우리들은 어찌 되었는
가?

다들 '우울氏'가 되어 버렸다.

그리하여 급기야는 '차라리 지옥은 얼마나 아름다울까' 지
독한 메저키스트(피학증 환자)가 되어 버렸다.

좁은 길로 가라

하늘의 그물은 크고 넓어 엉성해 보이지만, 결코 그 그물을 빠져나갈
수 없다. - 노자

전 남편과 이혼하고 혼자서 어린 딸을 기르고 있던 중년 여
인이 재혼을 했다. 첫사랑이었다.

그녀는 우연히 만난 그에게 부나비처럼 뛰어들었다. 하지만
그는 전 남편과 별반 다르지 않았다. 급기야 그가 집을 나갔
다.

그녀는 시댁에 가서 억울함을 호소했지만 시부모는 냉담하
기만 하다. '여자가 잘해야지...... .'하는 말만 돌아왔다.

왜 이렇게 되었을까? 쉽게 사랑을 얻으려 했기 때문이다.
첫사랑은 콩깍지가 눈에 낀 사랑이다. 자신 속에 있던 '이상
적 남성상'이 그 남자에게 완전히 투사된 사랑이다. 그러다
이루어지지 못한 첫사랑은 신비화된다.

황야에 떨어진 영혼이 신비를 만났으니 얼마나 황홀했겠는가! 하지만 그건 환상, 환상의 물방울은 쉽게 깨어지기 마련이다. 조금만 금이 가도 깨어진다. 그녀는 얼마나 황망했을까? 어떻게 이렇게 된 거야?

그녀는 지금 남편과 시댁만을 비난하고 있다. 그들에게 모든 책임을 돌리고 있다. '저는 억울해요…….' 그녀는 흑흑거리며 운다.

그녀는 그에게 피해를 당했다고 해서 그를 '악'이라고 규정하지 말아야 한다. 정확하게 '그는 내게 악이다'라고 해야 한다.

재혼한 남편이 외도를 하고 폭행을 일삼았지만, 그녀를 만나지 않고 다른 여자를 만났다면 성실한 남편이 될 수도 있었기 때문이다.

우리 눈에 객관적으로 보이는 것들도 실상은 주관적이다. 좋다고 하는 것과 나쁘다고 하는 것은 서로의 관계 속에서 규정된다. 물이 독사를 만나면 독이 되고 꽃을 만나면 꿀이 되는 것이다.

또한 상황에 따라 독이었던 것이 약이 되기도 하고 약이었던 것이 독이 되기도 하는 것이나. 모든 것들은 찰나에 피어났다가 사라지는 신기루 같은 것이다. 오로지 이 세상엔 찰나의 불꽃만이 있을 뿐이다.

그녀의 딸마저도 그녀를 미워한단다. "왜 나를 버렸어요?" 부모가 싸우는 것을 보여주지 않기 위해 방을 하나 구해주었는데, 딸은 그녀의 마음을 전혀 몰라주고 원망만 한단다.

그녀는 딸에게도 '자신의 마음대로' 했다. 그녀는 자신의 마음속에 빠져 있어 딸의 마음을 읽지 못했다.

이제 그녀는 총체적으로 얽히고설킨 인생의 실타래를 풀어야 한다. 세상엔 자신의 마음만 있는 게 아니다. 다른 사람들의 마음도 촘촘히 함께 짜여 있다. 그 그물망은 어느 누구도 빠져나갈 수 없다.

그녀는 그 안에서 자신의 몸을 누이고 숨을 쉴 수 있는 공간을 만들어 내야 한다. 그러다보면 다른 사람들을 만나게 되고 삶을 동행할 수 있게 된다. 힘들다고 눈을 감고 자신의 마음속에서 살면 안 된다.

생명의 길은 좁디좁다고 한다. 그녀는 그 길을 가야 하는 자신의 운명을 사랑해야 한다.

옳은 것도 놓아 버리고
그른 것도 놓아 버려라

긴 것도 놓아 버리고
짧은 것도 놓아 버려라

하얀 것도 놓아 버리고
검은 것도 놓아 버려라

바다는
천개의 강
만개의 하천을 다 받아들이고도
푸른 빛 그대로요
짠 맛 또한 그대로이다

　- 원효, 《다 놓아버려》 부분

그녀는 다 놓아버려야 할 것이다. '옳은 것도 그른 것도, 긴
것도 짧은 것도, 하얀 것도 검은 것도...... .

그때 그녀는 그들을 다 받아들이면서도 자신으로 살아가는 길을 찾을 수 있을 것이다.

소유와 존재

행복은 소유에 있지 않고 존재에 있다. – 에리히 프롬

한 제자가 슈퍼마켓에서 쇼핑을 하고 와서 사온 물건들을 여기저기 정리하고 있는데, 같이 갔던 다섯 살짜리 딸아이도 주머니에서 이것저것 꺼내놓더란다. "엄마, 나도 가져왔어." "뭐?...... ."

"어떻게 하면 좋아요?" 난감해한다. '바늘도둑이 소도둑이 된다는데 따끔하게 혼내 주어야 하는 거 아냐?' 그녀는 속으로 이렇게 생각했을 것이다.

나는 내 나름대로 '소유와 존재'에 대해 말해 주었다. 아직 그 어린 아이는 '소유 의식'이 없다. 어느 생명체, 동물이 '소유'에 대한 개념이 있나? 인간의 긴 역사로 보면 최근에 와서야 인간에게 소유 의식이 생겼다.

그러니 아직 어린 아이인 그 여자 아이는 '내 것, 네 것'이

라는 생각을 할 수 없었던 것이다. 그 아이는 시냇가에서 조약돌을 줍듯, 산에서 풀꽃을 따듯, 이것저것 집어 왔을 것이다.

그런 '순수한 아이'에게 바늘 도둑이 어쩌고저쩌고 하면 그 아이는 얼마나 큰 상처를 받겠는가?

인간은 다른 동물과 달리 일찍이 도구를 사용해 왔다. 그러다보니 물질, 도구는 인간과 떼려야 뗄 수 없는 관계가 되었다. 인간은 물질을 자신의 분신, 연장, 확장으로 보았다.

안경을 쓴 사람은 안경을 자신의 눈이라고 생각하지 '물질'이라고는 생각하지 않을 것이다. '사이보그'는 인간의 보편적인 모습이다.

그 여자 아이는 자신이 가져 온 물건들을 '자신의 확장'으로 생각했을 것이다. 인간이 소유 개념이 생겨난 것은 문명사회 이후이다. 인류사 전체로 보면 문명사회는 아주 짧다.

이런 아이들이 '물건'을 가지고 서로 싸울 때 어른들은 '소유 개념'을 가지고 판결하려 한다. 하지만 아이들은 물건들을 자신의 확장, 존재로 보기에 어른들이 내리는 판결에 승복할 수 없다.

마지못해 어른들의 판결에 순종하는 척 하지만 마음속에는 깊은 상처가 생긴다. 아이들이 보기엔 물건에도 마음이 있으니 우리는 서로의 마음으로 물건을 어떻게 함께 쓰거나 나눌 수 있는지를 결정하게 해야 한다.

마음을 나누듯 물건을 나누게 하면 아이들은 서로 사이좋게 지낼 것이다. 원시인들은 모든 물질에 정령이 있다고 생각했기에 물질 때문에 서로 다투는 일은 없었다.

가끔 그 여자 아이가 머릿속에 떠오른다. 풋풋했던 인간의 원초적 마음이 보인다. 이제 열 살을 훨씬 넘었을 텐데, 그 아이 머릿속에도 소유 개념이 생겨났겠지. 머리에 물질들이 꽉 차 숨막혀 하겠지.

　저녁노을이 지면
　신들의 상점엔 하나둘 불이 켜지고
　농부들은 작은 당나귀들과 함께
　성 안으로 사라지는 것이었다
　성벽은 울창한 숲으로 된 것이어서
　누구나 사원을 통과하는 구름 혹은
　조용한 공기들이 되지 않으면
　한걸음도 들어갈 수 없는 아름답고
　신비로운 그 성

어느 골동품 상인이 그 숲을 찾아와
몇 개 큰 나무들을 잘라내고 들어갔다
그곳에는...... 아무것도 없었다,

  - 기형도, 《숲으로 된 성벽》 부분

하지만 우리는 모두 한때 '구름 혹은 조용한 공기'였으니.
그 아이는 '숲으로 된 성벽'을 결코 잊지 않으리라.

삶은 계란

머무르는 곳마다 주인이 되면 지금 있는 그 곳이 바로 진리의 세계다.

– 임제

어떤 영리한 닭이 있었다. 그는 사람의 말을 다 알아 들었다. 그는 자신의 운명을 쥔 게 사람이라는 것을 알기에 항상 사람들이 하는 말을 유심히 들었다. '나는 내 운명을 미리 알 수 있단 말이야.'

그러던 어느 날 그는 청천벽력 같은 주인의 말소리를 들었다. "저 닭은 왜 저렇게 크게 우는 거야? 시끄러워 죽겠어. 내일 당장 잡아먹어야겠어." 그 닭은 그 말을 듣고부터는 다시는 울지 않았다.

그런데 그 다음 날 아침, 주인이 닭장으로 들어오더니 그 닭의 목을 비틀어 쥐고는 밖으로 나갔다. "이 닭은 왜 울지도 않는 거야? 어디 병 들었나 봐." 그 닭은 희미하게 들려오는 주인의 목소리를 들으며 의식을 잃어 갔다.

그 닭은 어떻게 하면 '비명횡사'하지 않을 수 있었을까?

불교에서는 '선문답'이라는 게 있다. 스승이 몽둥이를 휘두르며 "이 몽둥이가 있다고 해도 맞을 것이고 없다고 해도 맞을 것이다. 이 몽둥이는 있는가? 없는가? 답을 하라. 답을 하지 못하면 몽둥이로 맞을 것이다." 이런 식이다.

어떻게 해야 몽둥이찜질을 당하지 않을 수 있을까? 제자들은 곰곰이 생각할 것이다. '저 몽둥이는 있는가? 없는가?' 하지만 이런 생각 속에 빠져 있으면 제자들은 몽둥이찜질을 피할 수 없다.

스승의 질문 자체가 제자들을 구속하고 있기 때문이다. 아예 '질문 자체'를 벗어나야 한다. 질문 자체를 생각하고 있지 않으면 전혀 엉뚱한 말을 하거나 행동을 하게 된다. 그러면 그 제자는 그 상황을 벗어날 수 있다. 해탈이다.

우리는 어릴 적부터 학교에 갈 때 '선생님 말씀 잘 들어라.' 하는 부모님의 말씀을 수없이 들으며 자라났다. 그래서 우리는 선생님 말을 잘 듣는 '범생이'가 아니면 말을 잘 안 듣는 '문제아'가 되었다.

소위 선진국에서는 학교에 가는 아이에게 이렇게 말한다고 한다. '선생님께 질문 많이 해라.' 우리는 질문에 대해 질문을 할 수 있어야 한다. 스승의 질문에 갇혀 있으면 자신의 삶의 주인이 될 수 없다.

우리 마음속에는 세상의 질문들이 이미 가득 들어차 있다. 그 질문들은 우리를 구속하는 감옥이다. 그 속에 갇혀 있는 한 우리는 삶의 주인이 될 수 없다. 노예로 사는 삶은 뜬구름처럼 허망하다.

'삶은 계란'이라는 말이 한 때 유행했다. '삶은 무엇인가?' 이런 고상한 질문에 우리는 빠져 있었다. '삶은 도대체 무엇일까?' '삶은 무엇인지 진지하게 고민해. 생각 없이 살지 말고!'

하지만 이런 질문을 곰곰이 생각하는 것 자체가 우리의 감옥이다. '삶은 계란'이라는 '유치한 개그'가 해답이다. 그 순간 우리는 그 감옥에서 벗어난다. 헛웃음을 웃으며 해탈한다.

내 머릿속에 이미 가득 차 있는 질문에서 벗어나는 것. 그것이 우리가 지금 당장 해야 할 일이다. 질문에 대해 질문하는 것. 질문이 쳐 놓은 그물망을 찢어버리는 것. 그래서 내 삶의 주인이 되는 것. 이때 이 세상은 진리로 가득 차게 된다.

종이컵 커피가 출렁거려 불에 데인 듯 뜨거워도, 한사코 버스를 세워야겠다는 생각밖에 없었다. 가쁜 숨 몰아쉬며 자리에 앉으니, 회청색 여름 양복은 온통 커피 얼룩. 화끈거리는 손등 손바닥으로 쓸며, 바닥에 남은 커피 입 안에 털어 넣었다. 그렇게 소중했던가, 그냥 두고 올 생각 왜 못 했던가. 꿈 깨기 전에는 꿈이 삶이고, 삶 깨기 전에 삶은 꿈이다.

– 이성복,《그렇게 소중했던가》부분

사람은 한 생각에 빠지면 다른 생각을 하지 못한다. 우리는 생각의 감옥에 갇혀 있다.

그래서 우리의 삶은 한 바탕 꿈이다. 꿈에서 깨려면 매순간, 생각을 놓아야 한다. 생각이 끊어진 자리에서 다시 시작해야 한다.

7부 |

고향

자신의 고향을 감미롭게 여기는 사람은

아직 주둥이가 노오란 미숙아다.

모든 곳을 고향이라 여기는 사람은

이미 상당한 정신의 소유자다.

하지만 전 세계를 타향이라고 느끼는 사람이야말로

완벽한 인간이다.

– 생 빅토르 후고

고향

자신의 고향을 감미롭게 여기는 사람은 아직 주둥이가 노오란 미숙아
다. 모든 곳을 고향이라 여기는 사람은 이미 상당한 정신의 소유자다.
하지만 전 세계를 타향이라고 느끼는 사람이야말로 완벽한 인간이다.
– 생 빅토르 후고

아버지께서는 돌아가시기 전에 고향에 자주 드나드셨다. 시
제에도 자주 참가하시고 족보 얘기도 자주 하셨다. 아마 태
어나신 곳으로 돌아가시기 위한 준비를 하셨던 것 같다.

나도 나이가 들어가며 고향을 자주 생각하게 된다. 아버지
의 고향, 큰 어머니의 고향, 어머니의 고향, 나의 고향......
초가지붕, 마당, 뒤꼍의 배나무, 울창한 대나무들, 골목길,
깊은 우물, 싸리 울타리...... 생각하면 가슴이 미어온다.

하지만 우리의 진정한 고향은 백골의 고향일까? 아름다운
또 다른 고향이 있는 건 아닐까?

나는 나이 60이 훌쩍 넘었지만 정신적으로는 주둥이가 노오란 병아리에 불과하다. 나름대로는 열심히 공부해왔다고 생각했지만 결과는 최하위 점수인 것이다. 아마 이 세상에는 나 같은 최하위 사람들이 대다수일 것이다.

많은 사람들이 죽어서 가고 싶어 하는 '천국'도 자궁의 상징이라고 한다. 결국 천국이란 우리의 육체적 고향에 불과했던 것이다.

그래서 성자들은 단호히 출가(出家)를 했을 것이다. 나이가 들어가며 고향을 그리워하는 건 결국 어릴 적 천국이었던 '어머니 품'에 대한 간절한 그리움일 것이다.

우리 대다수는 몸만 컸지 정신적으로는 밖에서 재미있게 놀다 지쳐서 집으로 돌아가는 어린 아이에 머물고 있을 것이다.

우리 대다수는 눈만 감으면 무서운 것들이 사라진다고 생각하는 어린 아이로 한 평생을 살아가는 것 같다.

'깨어 있는 눈'으로 살아가는 사람은 극소수에 불과할 것이다.

우리들은 먼지, 먼지가 되리.

〔……〕
땅,
단지 땅이 될 뿐
그리고
몇 송이 노란 꽃이 될 뿐.

- 파블로 네루다, 《노란 꽃에 바치는 노래》 부분

시인은 '단지 땅이 될 뿐/ 그리고/ 몇 송이 노란 꽃이 될 뿐'이라고 노래했다.

그렇다! 우리는 흙으로 돌아가는 것이다. 바람의 저승사자 따라 흙으로 돌아가는 것이다.

하지만 '흙의 고향'으로 돌아가기 위해서는 우리는 고매한 정신의 소유자가 되어야 할 것이다. 툭! 흙으로 떨어지는 풀씨 한 알이 되기 위해서는.

악마

당신의 그림자가 울고 있다. - 로보트 존슨

어느 날 파우스트가 집으로 돌아오는데 대문 앞에 메피스토 펠레스가 서 있었다. 파우스트가 물었다.

"도대체 너는 누구냐?"

메피스토펠레스가 대답했다.

"늘 악을 원하기는 하지만 도리어 언제나 선을 행하는 그 힘의 일부입니다."

파우스트는 메피스토펠레스를 받아들여 결국 구원을 받게 된다. 파우스트의 혼을 건져 가며 천사들이 노래를 불렀다.

'노력하는 자는 구원을 받는다.'

악을 원하는 데 도리어 선을 이룩하는 힘! 악마!

흉악범들은 울부짖는다. "내 안에 악마가 있는 것 같다!"

그는 자신 안의 악마에게 결국 굴복당하고 말았다. 그는 자신 안에서 불덩이처럼 마구 굴러다니는 악마 때문에 얼마나 괴로웠을까? 그의 앞에도 가끔 악마가 나타났을 것이다.

하지만 그는 애써 악마를 피했을 것이다. "저리가! 다시는 내 앞에 나타나지마!" 악마는 쓸쓸히 그를 떠났을 것이다.

하지만 악마는 그를 떠날 수 없었을 것이다. 악마의 거처는 그의 몸이었으니까. 그는 그의 몸 안에서 다시는 나오지 않는 악마를 안심했을 것이다. 하지만 그는 가끔 악몽에 시달렸을 것이다.

어느 날 그는 평상시처럼 악몽을 꿨을 것이다. 아, 그런데 그건 악몽이 아니었다. 현실이었다. 그는 오히려 홀가분했을까?

왜 그는 이렇게 되었을까? 그렇게도 피하고 싶었던 악마에게 사로잡히고 말았을까?

심층심리학자 융은 이런 인간의 마음의 이치를 '그림자'로 설명했다. 햇빛을 찾으면 생겨나는 그림자!

우리는 누구나 착하게 살고 싶어 한다. 왜? 착하게 살라고 끊임없이 교육을 받았으니까.

인간의 원래 마음은 물과 같다. 가만히 놔두면 맑게 흐르며 노래를 한다. 그래서 우리는 마음을 다잡지 말아야 한다. 고이면 썩게 된다. 썩어서 마구 분출하게 된다.

하지만 썩은 마음은 어떻게 해야 하나? 썩은 마음, 그림자를 조용히 안아야 한다. 악마가 된 마음을 고이 받아들여야 한다. 그림자는 우리 안에서 울고 있는 어두운 우리 자신이니까. 그를 사랑해야 한다.

의자였는데
내가앉으니도마였다
베개였는데
내가베니작두였다
사람이었는데내가안으니
내가안으니포장육
손톱발톱이길어나는포장육
막다른데가따로없었다
꽃한송이꽃절벽
사람하나사람절벽

- 김언희, 《의자였는데》 부분

마구 몸부림치는 아기처럼 꼬옥 안고 가만히 있어야 한다.
그러면 아기는 곧 방긋 웃게 된다.

부패의 힘

자연으로 돌아가라. - 장 자크 루소

불교 경전 '유마경'에 보면 석가의 제자들이 유마 거사를 문병하는 이야기가 나온다. 유마거사는 좁은 방에 누워 있었는데, 수많은 불보살들이 들어가도 계속 빈자리가 남았다. 얼마나 넉넉한 방인가? 얼마나 큰 방인가?

내가 어릴 때도 그랬다. 내가 사는 좁은 마을은 얼마나 컸든지. 언제 내가 들어가도 넉넉하게 품어 주었다. 지친 내 몸, 아픈 내 마음을 따스하게 품어 주었다.

문둥이 노부부도 품어 주었고, 길 가던 나그네도 하루 밤 품어 주었다. 정신지체아, 죄 짓고 들어온 홀아비, 노름으로 전 재산을 날린 초등학교 선배도 품어 주었다.

도시에 들어와 사는 나는 항상 허기진다. 이 도시는 도무지 나를 품어주지 않는다. 항상 번쩍거리는데, 어딘가는 부서져 있다. 사람들이 들어와도 나가도 무관심하다.

아침부터 슈퍼마켓 앞에 놓여 있는 들마루에는 소주병들이 널려 있고 빈 소주병 같은 사람들이 둘러 앉아 있다.

뒷골목 곳곳에는 쓰레기들이 널려 있고 허름하게 옷을 입은 사람들이 쓰레기들처럼 굴러다닌다.

도시에는 썩지 않는 것들이 즐비하다. 사람들도 썩지 않으려 짙은 화장을 하고 값비싼 옷으로 몸을 감싼다.

도시의 공기에는 항상 방부제 냄새가 진동을 한다. 늘 비린 내가 난다. 그 냄새에 다들 지친다. 하지만 온갖 향료를 몸에 바르며 간신히 버텨낸다.

도시의 빈터에는 썩지 않는 것들이 쌓여 간다. 땅에 묻고 불에 태워 버리나 그들은 타지 않으려 발버둥을 친다.

마지못해 타는 것들은 악취를 풍긴다. '나 혼자 죽을 순 없어!' 그들은 발암 물질을 뿜으며 허공으로 흩어져 간다.

실업자가 되었다가 재활용되지 못한 '잉여 인간들'이 도시의 거리를 배회한다. 곳곳에 CCTV를 설치하고 그들을 감시하지만 그들의 준동을 막을 수 없다.

느닷없이 칼을 들고 지나가는 가냘픈 마음들을 난도질한다. '우리 함께 살자!' 가냘픈 마음들은 비명조차 제대로 지르지 못하고 쓰러진다.

그들은 속으로 울먹인다. '저도 그러고 싶지만 당신에게 다가갈 힘이 없어요. 저는 늘 지쳐 있거든요.'

> 벌겋게 녹슬어 있는 철문을 보며
> 나는 안심한다
> 녹슬 수 있음에 대하여
> 냄비 속에서 금새 곰팡이가 피어오르는 음식에
> 나는 안심한다
> 썩을 수 있음에 대하여
>
> – 나희덕, 《부패의 힘》 부분

하지만 우리는 결국 구원을 받으리라. 보도블록 틈새를 뚫고 올라오는 구원의 시퍼런 손길들. 그 손길들이 도시의 거리를 마구 난도질하리라.

건물들을 다 허물어뜨리리라. 우리 모두를 낡아가고 부패하게 하여 다시 깔끔하게 부활시켜 주리라.

거짓말

생각하는 대로 살지 않으면, 사는 대로 생각하게 된다. - 폴 발레리

방역 당국이 국내 첫 오미크론 확진자인 목사 부부의 거짓 진술에 속아 접촉자들을 제대로 관리하지 못했다고 한다.

그 부부는 왜 거짓말을 했을까? 그들의 거짓말이 엄청난 파장을 불러일으키리라는 것을 왜 생각하지 못했을까?

아주 오래 전 나도 거짓말을 한 적이 있다. 대학 졸업을 앞두고 신체검사를 했다. 국립사범대학이라 졸업 후 공립중고등학교 교사로 발령이 나기에 공무원임용신체검사를 한 것이다.

검사 후에 병원에서 오라는 연락을 받았다. '왜지?' 나는 가슴을 졸이며 병원으로 갔다. 의사가 흉부엑스레이 사진을 보여주며 "폐결핵 앓은 적이 있어요?"하고 물었다.

'헉!' 당황한 나는 "아뇨."하며 거짓말을 했다. 나는 몇 년 동안 폐결핵을 앓았었다. '다 치료된 줄 알았는데, 다 낫지 않았단 말인가? 그러면 발령이 안 날 텐데...... .'

의사는 엑스레이 사진과 내 얼굴을 번갈아 보며 뭐라 중얼 거리더니 부드럽게 물었다. "정말 앓은 적 없어요?" 나는 의 사의 온화한 얼굴을 보는 순간, 실토하고 말았다. "네, 사실 은 몇 년 동안 앓았어요. 다 나은 줄 알았어요."

의사는 나를 안심시켰다. "다 나아도 흔적이 남아요. 다 나 았어요. 걱정하지 말아요." 나는 고개를 깊이 숙이며 감사의 인사를 하고 나왔다.

나는 긴 시간이 지난 뒤 인문학을 공부하고 나의 삶을 성찰 하며 나의 '거짓말'을 명확히 이해하게 되었다.

자신의 삶을 소중하게 가꿔가는 사람들은 늘 마음의 중심을 잡고 살아간다. 공자의 중용이다. 그들은 진실을 추구한다.

하지만 우리 대다수 사람들은 하루하루를 허덕이며 살아간 다. 그러다 어느 순간, 궁지에 몰리면 자신도 모르게 거짓말 을 하게 된다. 생존본능이다.

조금만 깊이 생각해보면 거짓말을 하지 말아야 하고 할 필요도 없는데, 생각없이 살다 보니 그렇게 되어버린 것이다.
'생각하는 대로 살지 않으면, 사는 대로 생각하게 된다.'

코로나 19 초기에 거짓말을 해 많은 사람으로부터 지탄을
받았던 한 대학생은 자살했다고 한다.

안타깝다. 언제 우리 사회가 그 학생한테 너 자신을 알라고
한 적이 있나? 너와 세상을 생각하며 살아야 한다고 가르쳐
준 적이 있나?

생각 없이 공부해도 좋은 성적이 나오고 좋은 대학에 갈 수
있는 우리의 교육 제도는 지금도 변함이 없다.

우리는 우리 사회의 모든 죄를 그 학생한테 뒤집어씌워 희
생재물로 삼았다. 그의 죽음을 안타까워하면서도 우리 사회
의 죄는 씻으려 하지 않는다.

　전통은 아무리 더러운 전통이라도 좋다 나는 광화문
　네거리에서 시구문의 진창을 연상하고 인환네
　처갓집 옆의 지금은 매립한 개울에서 아낙네들이
　양잿물 솥에 불을 지피며 빨래하던 시절을 생각하고
　이 우울한 시대를 패러다이스처럼 생각한다
　버드 비숍여사를 안 뒤부터는 썩어빠진 대한민국이

괴롭지 않다 오히려 황송하다 역사는 아무리
더러운 역사라도 좋다
진창은 아무리 더러운 진창이라도 좋다
나에게 놋주발보다도 더 쨍쨍 울리는 추억이
있는 한 인간은 영원하고 사랑도 그렇다

– 김수영, 《巨大한 뿌리》 부분

시인은 '역사는 아무리 더러운 역사라도 좋다'고 노래한다.
시인도 아마 오랫동안 자신의 역사를 부정하고 살아왔으리
라.

그러다 어느 날 화들짝 깨달았을 것이다. 자신의 '거대한 뿌
리'를.

자신을 만든 역사를 아예 생각조차 않고 살아갈 때, 우리는
자신도 모르게 자신을 부정하게 된다. 사는 대로 생각하게
된다. 수시로 거짓말을 하며.

상담심리 유감

당신의 열정을 따르고, 열심히 노력하라. 그리고 절대 다른 누군가가
당신의 가능성에 한계를 정하도록 두지 마라. – 도너번 베일리

어느 원시부족은 '마음이 아픈 부족원'이 있으면 친구들이
매일 번갈아 방문하여 함께 노닥거리다 온다고 한다.

그러면 '아픈 마음'이 깔끔하게 치유가 된다고 한다.

문명사회는 어떤가? 마음이 아픈 사람을 '광인(狂人)'으로
만들어 정신 병원에 강제로 입원시키지 않는가?

온갖 정신병 전문가들과 첨단장비로 치유하는 현대정신의
학은 얼마나 효과가 있는가?

원시부족들이 하는 방법으로 하면 너무나 쉬운데.

그래서 현대의학을 풍자하는 말 중에 이런 말이 있지 않는

가?

"수술은 성공리에 끝났으나 환자는 사망했습니다."

그래서 나는 근래에 요원의 불길처럼 번지는 '상담심리'에 대해 유감이다.

어느 날 인문학 강의에 오시는 분이 초등학교에 다니는 아들 때문에 걱정을 하셨다. "학교에서 우리 아이가 과잉행동장애(ADHD)라고 해요. 어떡하면 좋아요?"

나는 그 아이를 대안학교인 ㅅ 어린이학교에 보내보기를 권했다. 그 아이는 지금 ㅅ 어린이학교에서 신나게 학교생활을 하고 있다.

우리의 제도 교육은 다양한 아이들을 받아들일 힘이 없다. 그 책임을 학생과 부모에게 전가하게 위해 온갖 '과학적 자료'를 제시한다.

학교를 바꾸면 간단하게 해결되는 것을. 학교를 바꿀 능력이 없으니까 그런 꼼수를 쓰는 것이다.

그런 아이들을 위한 상담 기법들은 얼마나 발달해 있는가?

'좋은 학교'에서 신나게 공부하고 뛰어 놀면 간단하게 해결

되는 것을. 온갖 전문적인 용어로 포장하여 아이를 훈육시키려 든다.

그렇게 하여 학교에 어느 정도 적응하는 아이들은 있을 것이다.

하지만 그렇게 아이들을 학교에 순응하게 한다고 해서 교육적으로 성공했다고 할 수 있겠는가?

교육이란 한 인간의 잠재력을 꽃 피워가는 것이지 어떤 틀에 맞춰가는 것이 아니지 않는가?

얼마 전에 한 젊은 수강생이 한탄을 했다.

"시어머님이 남편 팬티까지 빨아줘요. 시어머님 때문에 힘들어요. 어떻게 하면 좋죠?"

나는 다음과 같이 조언해 주었다.

"시어머님을 복지관에 보내 드리셔요. 무언가 신나는 일을 하게 하셔요."

한 달여 후 그 여인이 생글생글 웃는다.
"복지관에서 한 할아버지를 만났어요. 전혀 우리 일에 상관하지 않아요."

우리에게 뭔가 신나는 일이 중요하다. 사는 게 재미가 없으니까. 온갖 변명거리를 찾는다.

> 내 삶의
> 한복판에 내리는,
> 바다의 황혼,
> 포도알 같은 물결,
> 하늘의 고독,
> 네가 날 가득 채우며
> 흘러넘친다,
> 온 바다,
> 온 하늘,
> 〔......〕
>
> 파도는 단단한 해안에게 속삭인다.
> "모든 일이 잘 이루어질 거야."
>
> - 파블로 네루다, 《희망에 바치는 송가》 부분

우리 안에서 신명을 찾자! 세상 걱정일랑 하지 말자.

삼라만상은 늘 우리 귀에 속삭인다.
"모든 일이 잘 이루어질 거야."

아버지1

나는 아버지의 보호만큼 사람의 어린 시절에 필요한 게 있다고 생각
하지 않는다. - 지크문트 프로이트

후두두둑 빗소리가 들린다.
'아, 아이 방에 비가 들이칠 텐데.'

나는 잠에 취한 몸을 이끌고 일어나 막내 아이 방으로 간다.
불을 켜고 모기장 옆으로 살금살금 걸어가 창문을 닫아 준
다.

다시 잠결에 빗소리가 들리지 않는다.
'비가 그쳤나 보네.' '아이가 더울 텐데.'

다시 잠에 취한 몸을 겨우 이끌고 일어나 작은 아이 방으로
가서 창문을 열어 준다.

수십 년 전, 겨울 새벽이면 내 방바닥 틈으로 매캐한 연기가

올라왔다.

'쿨룩 쿨룩' 아버지 기침 소리가 들렸다. 아버지가 나를 위해서 겨울 새벽에 불을 때시는 것이다.

그렇게 나는 추운 겨울밤을 따스하게 보낼 수 있었다. 내가 이제 그 때의 아버지 연배가 되었다.

사람들은 내가 나이 들어갈수록 아버지의 얼굴과 목소리를 닮아간다고 한다.

　거울을 보다 놀란다. 나는 간 곳이 없고
　나약하고 소심해진 아버지만이 있어서
　〔……〕
　그 거울 속에는 인사동에서도 종로에서도
　제대로 기 한번 못 펴고 큰소리 한번 못 치는
　늙고 초라한 아버지만이 있다.

　　– 신경림, 《아버지의 그늘》 부분

아버지는 내게 큰 소리 한번 치지 않으셨다. 철없는 내가 아버지에게 마구 쏘아 붙였던 기억이 난다.

그래서인지 나도 아이들에게 큰 소리를 치지 않았다.

나는 삶의 구비구비에서 아버지를 떠올린다. 아버지는 내 안에 살고 계시면서 언제나 내게 힘을 주신다.

아버지2

아이들은 어른들의 말을 귀담아 듣지 않는다. 그러나 어른들의
행동은 곧잘 모방한다. - 제임스 볼드윈

아버지께서는 자주 사람들과 싸우셨다. 아마 내가 초등학교
1,2학년쯤이었을 것 같다.

설날 고향에 갔다가 돌아오는 버스 안에서 아버지께서 다른
사람과 큰 소리로 싸우셨다. "다음에 고향에 올 때는 택시
타고 올 거다!" 무엇 때문인지 아버지께서는 자존심이 무척
상하셨던 것 같다.

나는 화끈거리는 얼굴을 푹 숙이고 잠자코 있었다. 지금도
그 광경이 눈에 선하다. 아버지께서 남들과 싸우는 이유는
이처럼 주로 자존심 때문이었다.

이제 아버지께서 돌아가시고 내가 아버지가 되었는데, 무슨
이유인지 내가 내 큰 아이(나도 장남이다)와 함께 어디 다녀

올 때는 다른 사람들과 가끔 싸우게 되는 것이었다.

어느 날 그 사실을 알고는 소스라치게 놀랐다. 다시는 싸우지 않겠다고 결심했는데, 싸울 일이 자꾸만 생기는 것이었다.

언젠가 큰 아이를 데리고 중국집에 갔었다. 큰 아이가 좋아하는 짜장면을 사주기 위해서였다. 그런데, 오! 짜장면 위에 놓여 있는 상추 잎에 죽은 애벌레 한 마리가 붙어 있는 게 아닌가?

나는 잠시 망설이다가 힘겹게 말을 꺼냈다. "여기 애벌레가 있네요." 점잖게 말하고 다른 짜장면을 먹는 걸로 해결했지만, 내 얼굴은 심하게 굳어 있었다. 큰 아이 앞에서 남과 다투는 모습을 보이는 게 너무나 싫었기 때문이었다.

큰 아이가 성년이 되어서도 큰 아이 앞에서 남과 다투는 불상사가 일어났다. 친척 결혼식에 가는데 예식장을 찾을 수 없었다. 그래서 큰 아이가 길 가던 젊은 여자에게 길을 물어보았는데, 그 여자가 아무 말도 없이 그냥 제 길을 가는 것이었다.

나는 그 순간 불같이 화가 치밀어 올랐다. '이 여자가 큰 아이를 무시하네!' 열을 받은 나는 그 여자에게 "아니 그냥 가면 어떻게 해요? 길을 물어 보는데." 했다. 하지만 그 여자는 "왜 내가 답을 해야 해요?"하고 화를 냈다. 이렇게 해서 또 큰 아이 앞에서 '싸우는 아버지'를 보여주고 말았다.

내가 다른 사람들과 다투었던 것들도 객관적으로 보면 내가 옳지 않았던 것들은 아니었다. 하지만 왜 나 혼자 있을 때는 정의롭게 잘 흘러가던 세상이 큰 아이와 같이 있으면 갑자기 불의한 것들이 자꾸만 일어나는 걸까?

어느 날 나는 문득 깨닫게 되었다. '아, 이게 바로 업(業)이구나!' 아마 세상은 언제나 똑같이 흘러갔을 것이다. 그런데 큰 아이와 있으면, 나는 무의식 중에 불의한 것들을 발견하려고 눈에 불을 켰을 것이다. 이 마음이 문제로다!

이 업(業)이 큰 아이에게 전해질까 걱정이다.

어쩌자고나는자꾸나의아버지의아버지의아버지의……아버지가되니나는웨나의아버지를껑충뛰어넘어야하는지나는웨드디어나와나의아버지와나의아버지의아버지와나의아버지의아버지의아버지노릇을한꺼번에하면서살아야하는것이냐

　– 이상, 《오감도(烏瞰圖)- 시제이호(詩第二號)》 부분

모계사회에서는 '아버지'가 없었다. 남녀는 평생 연인으로 지낸다. 둘 사이에 낳은 자녀들은 어머니 집에서 기른다.

가부장 사회가 되면서 아버지가 생겨났다. 가계(家系)를 이어가야 하는 존재다.

8부 |

효도

부모를 공경하는 효행은 쉬우나
부모를 사랑하는 효행은 어렵다.

– 장자

효도

부모를 공경하는 효행은 쉬우나 부모를 사랑하는 효행은 어렵다.

– 장자

한 대학생이 인문학 강의 시간에 질문을 했다.

"부모는 자식을 20년 동안 양육하는데 자식은 왜 부모에게 40년 동안이나 효도를 해야 합니까?"

'부모는 자식을 성인이 될 때까지 양육해야 할 의무가 있으니 자식에게도 같은 기간 동안 효도의 의무를 부과해야 하는 게 정의에 맞지 않겠는가?'

이것이 세상만사를 '교환 가치'로 보는 요즘 아이들의 생각일 것 같다.

하지만 원초적인 인간관계인 부모와 자식의 관계가 이렇게 '거래'가 될 때 우리의 모든 삶은 얼마나 황폐해지겠는가?

맹자는 '부모와 자식은 서로 친해야 한다(父子有親)'고 했다. 그런데 왜 우리는 부모와 자식이 서로 친하지 않고 삭막한 거래관계가 되어 버렸을까?

자식을 '존엄한 한 인간'으로 보지 않고 자신의 분신으로 본 부모의 업보일 것이다.

자식을 한 인간으로 볼 수 있을 때 부모는 자식을 진정으로 사랑할 수 있을 것이다.

진정한 사랑을 받지 않고 자란 자식들은 부모에게서 진정한 사랑을 느끼지 못할 것이다. 친할 수 없을 것이다.

부모는 자식들에게 큰 나무로만 보일 것이다.

자식들은 큰 나무 밑에서 제대로 자라지 못했을 것이다. 그래서 우리는 어른이 되어서도 부모의 그늘을 벗어나지 못하고 있다.

　빈 병은 아무렇게나 버려져
　길거리나
　쓰레기장에서 굴러다닌다
　바람이 세게 불던 밤 나는

문 밖에서
아버지가 흐느끼는 소리를 들었다

나가보니
마루 끝에 쪼그려 앉은
빈 소주병이었다.

- 공광규, 《소주병》 부분

부모를 연약한 한 인간 '빈 소주병'으로 볼 수 있을 때 비로소 우리는 '어른'이 될 수 있을 것이다.

그때 우리는 부모에게서 얼마나 많은 것을 볼 수 있게 될까?

서로 '한 인간'이 될 때 비로소 우리는 효도를 '갚아야 할 빚'이 아니라 '친한 사이의 나눔'으로 볼 수 있을 것이다.

금기1

세속이 금기의 세계라면 신성은 무한한 위반의 세계이며, 축제의
세계이고, 군주의 세계이고, 신의 세계이다. – 조르주 바타이유

유치원에서 한 여자 아이가 진돗개에게 얼굴이 물렸단다.
그 진돗개는 건너편 한 주택에서 기르고 있었는데 스스로
목줄을 끊고 집을 뛰쳐나가 유치원 건물 안으로 돌진했다고
한다.

그 개는 자신의 목을 매고 있던 목줄을 끊고 집을 뛰쳐나간
순간, 누추하던 이 세상이 갑자기 눈부신 광휘로 휩싸이는
기적을 보았을 것이다. 모든 금기가 사라진 세상. 그의 깊은
속에서 잠자던 야성이 불길처럼 활활 타올랐을 것이다.

만일 그 개가 자주 집 밖으로 나가 자유롭게 운동도 하고 놀
았더라면 그런 비극은 없었을 것이다.

인간에게도 가장 무서운 것은 금기이다. 강력한 금기가 풀

리는 순간, 우리는 눈부신 광휘에 휩싸인 세상 속으로 돌진한다.

왜 우리는 자꾸만 금기 너머의 세상을 엿볼까? 이따금 죽음도 불사하며 금기 너머의 세상 속으로 돌진할까?

금기가 생겨나는 순간, 우리가 사는 이 세상이 갑자기 누추해져 버리기 때문이다. 금기가 없는 아이들을 보라! 얼마나 신나는가?

그런 아이들이 금기를 배우고부터는 갑자기 에덴동산에서 추방되어 버린다. 풀과 나무들은 더 이상 노래하지 않고 땅은 말을 잃어버린다.

인간은 금기를 위반해야 한다. 신성한 영역이 깨어지면 모든 속된 곳이 다 신성해진다. 그래서 우리는 소망하는 것이다. 우리에게 금지된 것들을.

하지만 현실의 금기는 강고하다. 위반한 자에게는 엄한 처벌이 주어진다. 금기를 어기면서도 처벌을 받지 않기 위해 인간이 계발한 것이 예술이다.

인간은 예술의 세계에 들어가 무한한 신성을 경험한다. 그 경험으로 이 누추한 세속을 견딜 수 있는 것이다.

그래서 좋은 세상이란 금기가 되도록이면 적어야 한다. 그리고 무한한 예술의 자유가 주어져야 한다.

그렇지 않으면 이 세상은 위험해진다. 금기의 세계에서 견딜 수 없는 사람들이 갑자기 금기의 사슬을 끊고 밖으로 뛰쳐나갈 수 있다.

그들은 한순간에 악마와 괴물로 화한다. 그들은 뒤늦게 회한의 눈물을 흘린다. '제 속에 악마가 사는 것 같아요.'

　비바람 불고, 느티나무 아래
　내 육체의 피뢰침이 운다
　내 전 생애가 운다, 벼락이여 오라
　한 순간 그대가 보여주는 섬광의 길을 따라
　나 또 한 번, 내 몸과 대기와 대지의 주인이 되련다

　– 유하, 《내 육체의 피뢰침이 운다》 부분

우리도 시인처럼 울부짖을 때가 있다. '내 전 생애가 운다, 벼락이여 오라' 벼락이 금기의 성곽을 산산이 깨주기를 간절히 바라는 것이다.

우리는 '또 한 번, 내 몸과 대기와 대지의 주인이' 되고 싶은 것이다.

금기2

스스로 제 몸의 감옥을 만든다. - 법구경

'큰 나방인가?' 검은 것이 유리창에 어른거리며 둔탁하게 탁 탁 부딪치는 소리가 난다. 나가보니 아뿔싸! 작은 새 한 마리가 파닥이며 거실 유리창 밖으로 나가려 몸부림치고 있다.

간신히 잡아 밖으로 날려 보냈다. 허공을 가로질러 경쾌하게 날아가는 작은 새. 얼마나 기쁠까? 건너편 숲 속으로 날아갔다. 나뭇가지에 앉아 잠시 놀란 몸을 추스를 것이다.

새는 도무지 이해할 수 없었을 것이다. 밖이 훤히 보이는데, 나갈 수 없다니! 도대체 그게 뭐였단 말인가? 아니면 잠깐 내 몸이 잘못되었었나?

하지만 새는 일단 밖으로 나가자 거침없이 허공을 날아갔다. 만일 새가 '내 앞을 무언가가 가로막고 있을 거야'라고 생각하며 바닥에 주저앉아 버린다면? 그러다 영영 나는 법을 잊어버려 다시는 날 수가 없다면?

우리는 그냥 걸어가기만 하면 되는 것을 '내 앞에 무언가가 가로막고 있어. 나는 저쪽으로 갈 수 없어.'하면서 지레 걸어 갈 엄두조차 내지 못한 경우가 얼마나 많은가?

그러면서 우리는 얼마나 간절히 저쪽을 바라보고 있었는가? 새 같으면 쉽게 훨훨 날아갔을 것을.

우리나라 전래동화 '복 타러 간 총각'에서는 지지리도 복이 없는 총각 이야기가 나온다. 그에게 누가 넌지시 말해준다. '부처님께 물어봐. 복이 왜 그렇게 없는지.' 그래서 그는 서역으로 떠난다.

천신만고 끝에 서역에 도달해서 부처님께 복이 없는 연유를 물어보니 부처님께서는 '너는 이미 복을 타고 났다'고 말하는 게 아닌가? 그래서 총각이 '복이 어디 있습니까?'하고 다시 물으니 부처님은 '네가 서역으로 오면서 만났던 사람들에게 있다'고 하셨다.

총각은 되돌아오면서 전에 만났던 이무기와 노인을 만나 여의주와 금을 얻고, 다시 만난 처자와는 결혼을 하여 금의환향한다. 스쳐 지나쳤던 모든 것들이 복덩이였던 것이다. 총각에게 복이 없는 게 아니라 복을 보는 눈이 없었던 것이다.

  아직 저는 자유롭지 못합니다
  제 마음 속에는 많은 금기가 있습니다
  얼마든지 될 일도 우선 안 된다고 합니다

   - 이성복,《금기》부분

우리를 가둔 유리창들을 조용히 한 번 바라보자. 정말 있는
건지 손을 뻗어 보자. 성큼성큼 걸어가 보자.

먹거리

나는 먹거리다 나는 먹거리다 나는 먹거리다. – 우파니샤드

손님이 보는 데서 닭을 잡아 닭 요리를 해주는 식당들이 생겼다고 한다. 사람들은 불편함을 느꼈다고 한다. '보이지 않는 데서 닭을 잡아 만든 치킨은 잘 먹는데요.' 하지만 조만간 익숙해질 것이다.

아마 우리 몸은 알고 있었을 것이다. 맛깔스럽게 잘 튀겨진 치킨이 한 때는 신성한 생명체였고 어느 날 잔인하게 죽어갔으리라는 것을. 애써 눈감고 먹다 보니 차츰 익숙해졌을 것이다.

문화인류학자들에 의하면 생명체를 먹는 데서 오는 불편함은 인류의 최초의 조상들이 가장 심각하게 느꼈으리라고 한다.

우리와 비슷한 얼굴을 한 짐승들을 잡아먹는다는 게 그들은

엄청나게 두려웠을 것이라고 한다.

인간으로 진화하기 전 짐승 시절에는 본능적으로 다른 짐승들을 편안하게 잡아먹었을 테지만, '공감, 사랑'이라는 인간의 본성이 생겨나면서 다른 짐승들을 쉽게 잡아먹지 못하게 되었을 것이다.

그래서 원시인들은 짐승들을 사냥할 때마다 기도를 했다고 한다. 그날 잡을 짐승들의 신에게 허락을 받고서야 사냥을 했다고 한다.

사냥한 짐승도 요리를 할 때는 먹어야 할 살만 취하고 뼈와 가죽은 그 짐승의 혼이 다시 부활할 수 있도록 집 주변에 고이 설어 두었다고 한다.

이렇게 경건하게 살아가던 인간이 다른 짐승들을 압도하게 되면서 차츰 오만하게 되어갔을 것이다. '만물의 영장'이라는 생각을 갖게 되면서부터는 짐승들을 아무 거리낌 없이 잡아먹게 되었을 것이다.

그러다 눈앞에서 잔인하게 죽어가는 짐승들을 다시 보게 되면서 우리의 오래 된 본성이 깨어났을 것이다.

우리는 이 본성을 다시 살려내야 하는 시대에 살고 있다. 다시 경건하게 짐승들을 대해야 할 것이다. 그렇지 않으면 인간은 공룡이 사라졌듯 이 지구상에서 사라질지도 모른다.

우리는 먹어야 사는 생명체이다. 그래서 먹어야 한다. 그러나 동시에 우리도 다른 생명체들의 먹거리임을 명심해야 한다. 그래서 우리는 경건해져야 한다. 생명에 대한 신비로움과 경외감을 다시 회복해야 한다.

천지를 환하게 물들이는 살구나무 꽃가지에
덩치 큰 직박구리 한 마리가 앉아
꽃 속의 꿀을 쪽 쪽 빨아먹고 있었지요.

곁에 있던 누군가 그것을 바라보다가,
꽃가지를 짓누르며 꿀을 빨아먹는 새가 잔인해 보인다며
훠어이 훠어이 쫓아버렸지요.

아니 그렇다면

꿀이 흐르는 꽃가지에 앉은 生이
꿀을 빨아먹지 않고 무얼 먹으란 말입니까.

– 고진하,《직박구리》부분

우리는 서로 몸을 나누는 우주의 한 존재로 다시 돌아가야
한다.

아름다운 경쟁

너희에게는 존경할만한 적이 있는가? - 프리드리히 니체

기러기들이 ㅅ자 대열을 이루며 하늘을 날아가고 있다. 제일 앞에서 날아가는 기러기가 최강자라고 한다.

독수리 같은 맹금류를 만나면 제일 앞장을 선 최강자가 맞장을 뜬다고 한다. 그러면 다른 기러기들이 합세하여 자신들을 지켜낸다고 한다.

어릴 적 수수밭을 지켜낸 경험이 있다. 붉은 수수밭 어둑한 곳에 숨어 있는데, 한 무리의 아이들이 몰려왔다. 옆 마을 아이들이었다.

나는 벌떡 일어나며 "야, 너희들 수수 따 먹으러 왔지?"하며 소리치자 그 중의 한 아이가 다가왔다. 같은 반 아이였다.

그는 씩 웃으며 씨름으로 결정하자고 했다. 자기가 이기면

수수를 따 먹고 지면 돌아가겠단다.

나는 속으로 아이들이 떼로 몰려와 나를 때려눕히고는 수수를 따 먹을까 걱정했는데, 참 다행이라는 생각을 했다.

"좋아!" 나는 그와 서로의 허리끈을 잡았다. '이 녀석 싸움을 잘 하는 놈인데... 지면 어떡하나?' 부모님의 얼굴을 떠올리며 다리에 힘을 주었다.

오! 나의 승리였다. 나를 업어치기하려는 그의 다리를 걸어 옆으로 넘어뜨렸다. 그는 깨끗이 승복했다. 그들은 홀연히 떠났다.

수십 년 지나 길에서 우연히 만난 그와 술잔을 기울이며 그 때 이야기를 하며 서로 호탕하게 웃었다.

어릴 적에는 씨름이라든가 뛰어내리기, 달리기 같은 경쟁적인 경기를 많이 했다. 그렇게 우리는 성장해 갔다. 그렇다 성장하기 위한 경쟁이었다.

아마 인류의 오랜 습속일 것이다. 경쟁을 하며 서로를 성장시키고 강자를 뽑아 사냥이나 전쟁을 할 때 앞장 설 사람을 뽑기 위한 아름다운 경쟁의 장을 열었던 것이다.

고대 문명을 활짝 꽃 피웠던 그리스 아테네에서는 올림픽 경기가 있었다. 서로의 아레테(탁월함)를 겨루는 경기들이었다. 아곤(경쟁)의 장이었다.

타락한 경쟁을 안타곤이라고 했다. 우리의 경쟁들은 거의 모두 안타곤일 것이다. 우리는 서로 성장하기 위한 경쟁이 아니라 자신만 살겠다고 서로를 죽이는 경쟁을 하고 있지 않는가?

  가을 저녁의 조용함을 휘저어놓고
  하늘 저 멀리 구슬픈 소리가 건너간다.

  대장간의 백치 아이가
  〔……〕
  새가 나는 흉내를 하면서
  그 주위를 빙빙 돌아다닌다.
  까악- 까악- 외쳐대면서.

  - 이시카와 다쿠보쿠, 《철새》 부분

시인은 백치 아이가 하늘을 날아가는 새들 흉내를 내며 빙빙 돌아다니고 까악- 까악- 외쳐대고 있는 광경을 본다.

시인도 그 아이도 하늘의 새들 나라로 망명하고 싶은 것이다.

시인은 안중근 의사를 지지했던 일본군국주의시대의 양심이었다.

하늘

하늘나라가 아니라 대지에 충실 하라. - 프리드리히 니체

나이가 드니 가끔 옛 친구들이 소식을 전한다.

이 얘기 저 얘기 나누다 어떤 친구들이 무슨 종교에 빠졌다는 말을 들으면 가슴에 찬바람이 휙 지나간다.

화가 난다.

종교는 그야말로 최고(宗)의 가르침(敎)인데, 속세에서 열심히 살다 길이 막히면 도망가는 피난처란 말인가?

그야말로 종교가 아편이 되었다.

어찌하여 하늘이 신(神)이 거하시는 천국(天國)이 되었을까?

아마 원시인들은 지상의 삶이 힘겨울 때마다 하늘을 쳐다보았을 것이다.

하지만 하늘은 저 높은 곳에서 너무나 딱딱하게 굳어 있었기에 그들에게 아무런 경외감을 불러일으키지 않았을 것이다.

그러다 지상에서 하늘로 솟아오르는 새들을 보며 그들의 마음에 서서히 '하늘'이 들어앉았을 것이다.

새는 코를 막고 솟아오른다.
얏호, 함성을 지르며
자유의 섬뜩한 덫을 끌며
팅! 팅! 팅!
시퍼런 용수철을 팅긴다

– 황인숙, 《새는 하늘을 자유롭게 풀어놓고》 부분

새가 '자유의 섬뜩한 덫을 끌며/ 팅! 팅! 팅!/ 시퍼런 용수철을 팅기며' '하늘을 자유롭게 풀어놓는' 광경은 얼마나 경이로웠을까?

그렇게 하늘은 서서히 풀어지며 '천국(天國)'이 되어갔을 것이다.

어릴 적에 상여가 지나가는 광경을 자주 보았다. 상여에는 새들이 앉아 있었다. 새들은 망자를 하늘로 인도한다고 했다.

이제 상여가 사라졌다. 함께 새들이 사라졌다. 딱딱한 하늘만 남았다. 이제 하늘은 풀어지지 않는다.

사람들은 하늘로 오르는 길을 알지 못한다. 딱딱한 하늘을 동경만 할 뿐이다. 동경만 하다 환상에 빠지는 것이 현대인들의 종교가 아닐까?

다시 우리는 새들을 불러와야 한다. 새들의 안내를 받지 않으면 우리는 하늘로 오를 수 없다.

지식

우리의 삶에는 끝이 있지만 앎에는 끝이 없다. 끝이 있는 것으로써
끝이 없는 것을 좇으면 위태로울 뿐이다. – 장자

우리는 학교에서 '지식은 힘(베이컨)'이라고 배웠다. 그래서
우리는 열심히 공부하며 지식을 쌓았다.

근대 사회는 인간의 이성으로 구축된 사회다. 신이 만든 중
세를 폐허로 만들고, 그 땅 위에 인간이 창조자가 되어 근대
산업사회를 건설한 것이다.

지식의 힘으로 근대는 눈부신 경제성장을 이룩했다. 우리는
풍족한 경제생활을 누리고 있다.

그런데 우리는 행복해진 걸까?

보르헤스의 소설 '바벨의 도서관'에 다음과 같은 구절이 나
온다.

'아마 나이와 두려움이 나의 판단력을 흐리게 하는지는 모르지만 인류-유일한 종족-는 소멸해 가고 있는 것 같은 생각이 든다. 그러나 〈도서관〉은 영원히 지속되리라. 불을 밝히고, 고독하고, 무한하고, 부동적이고, 고귀한 책들로 무장하고, 쓸모없고, 부식하지 않고, 비밀스러운 모습으로 말이다.'

인류는 소멸해 가는데, 지식의 보고, 도서관은 영원히 지속되다니!

왜 인간의 지식욕은 끝이 없을까? 지식이 힘이어서 그럴 것이다. 힘을 가진 자들은 힘에 취해, (엄청난 힘의 맛을 본 인간은 자아가 신만큼 팽창한다) 힘을 내려놓을 수가 없다.

그들은 인류의 종말이 와도, 그 힘을 끝내 내려놓지 않을 것이다.

행복은 '마음 깊은 곳에서 솟아올라오는 희열'이다. 밖에서 주어지지 않는다.

오! 육체는 슬퍼라, 그리고 나는 모든 책을 다 읽었노라.
떠나버리자, 저 멀리 떠나버리자.
새들은 낯선 거품과 하늘에 벌써 취하였다.

눈매에 비친 해묵은 정원도 그 무엇도
바닷물에 적신 내 마음을 잡아두지 못하리.
〔......〕

잔혹한 희망에 시달린 어느 권태는
아직도 손수건의 그 거창한 작별을 믿고 있는지.
〔......〕
그러나, 오 나의 가슴아, 이제 뱃사람들의 노래 소리를 들어라.

– 스테판 말라르메,《바다의 미풍》부분

우리는 힘을 갖기 위해 무한한 지식을 쌓아 갔다. 그 결과
우리는 잔혹한 희망에 시달리게 되었다. 권태.

'떠나 버리자, 저 멀리 떠나 버리자.' 우리의 근원, 바다로
가자! 말갛게 씻기우고 다시 태어나자!

9부

남자를 부탁해

남자에게 중요한 것은 사랑하는 여자이다.

남자는 모든 행복과 고뇌를

여자로부터 얻는 것이다.

– 샤르돈느

남자를 부탁해

남자에게 중요한 것은 사랑하는 여자이다. 남자는 모든 행복과
고뇌를 여자로부터 얻는 것이다. - 샤르돈느

남자들이 마시는 소주잔에는 눈물이 반이라고 한다. 하지만
그들의 반쪽인 여자들은 남자들의 '눈물 젖은 소주'를 깊게
공감하지 않는 것 같다.

인터넷에 떠도는 이야기다.

남자들이 나이 들면 꼭 필요한 것 다섯 가지 - 첫째 마누라,
둘째 아내, 셋째 애들 엄마, 넷째 집사람, 다섯째 와이프.

여자들이 나이 들면 꼭 필요한 것 다섯 가지 - 첫째 딸, 둘
째 돈, 셋째 건강, 넷째 친구, 다섯째 찜질방.

왜 이렇게 되었을까? 남자들은 '나무꾼' 아니면 '오구대왕'
이어서 그렇다.

하늘에 선녀를 남겨두고 지상에 내려온 나무꾼은 선녀가 그렇게도 신신당부했건만 지상에 발을 딛게 되어 하늘로 다시는 돌아가지 못하게 된다.

나무꾼은 수탉이 되어 지금도 하늘을 향해 목 놓아 운다. 이것은 선녀를 차지하려 날개옷을 훔칠 때부터 이미 예정된 비극일 것이다. 여자는 처음부터 그렇게 대하면 안 된다.

오구대왕은 막내딸을 버린다. 그렇게도 기세등등하던 그도 결국은 늙어 죽게 되었다. 하지만 버린 딸(바리공주)이 하늘에서 생명수를 구해 와 그를 살려낸다. 바리공주는 죽은 후 사자(死者)의 영혼을 위로하고 저승으로 인도하는 여신(女神)이 된다.

선녀와 바리공주는 현실의 여인이기도 하지만, 정신적으로는 남자들의 가슴에 있는 여인(융이 말하는 아니마)이다. 남자들은 스스로 가슴 속의 여인들을 버렸기에 항상 가슴이 허하다. 인과응보다.

남자들은
딸을 낳아 아버지가 될 때
비로소 자신 속에서 으르렁거리던 짐승과
결별한다

딸의 아랫도리를 바라보며
신이 나오는 길을 알게 된다
아기가 나오는 곳이
바로 신이 나오는 곳임을 깨닫고
문득 부끄러워 얼굴 붉힌다

  – 문정희, 《남자를 위하여》 부분

남자들은 자신들을 스스로에게 부탁해야 한다. 버린 여인들을 다시 가슴으로 불러들여야 한다.

남자들이 여자들에게 버림을 받는 건 돈을 벌지 못해서도 직장에서 떨어져 나와서도 아니다.

여자들은 하늘나라에 사는 고귀한 신분이거나 여신이기에 그런 속물적인 것들에게는 구애받지 않는다.

행복과 행복감

인간은 자신이 행복하다는 것을 모르기 때문에 불행하다.

– 표도르 도스도옙스키

한 초로의 여인이 '저녁햇살을 받으며 눈부시게 피어 있는 억새꽃들을 보고 오니 참으로 행복해요.'하고 말하며 만면에 웃음을 가득 짓는다.

하지만 그녀는 정말 행복할까? 하늘거리는 억새꽃들을 볼 때는 분명히 잠시 행복했을 것이다. 하지만 집으로 돌아와서는 다시 '너저분한 일상'을 만났을 것이다.

'억새꽃을 본 힘'으로 '너저분한 일상'을 잘 헤쳐 나가려 해야 하는데, 아마 그녀는 '너저분한 일상'은 마지못해 기계처럼 견디고, '억새꽃의 환상' 속으로 수시로 도피했을 것이다.

그녀가 느낀 건 '행복'이 아니라 '행복감'이다. 이 시대의 많은 사람들이 이렇게 살아갈 것이다.

그래서 사람들은 전혀 행복하지 않다. '아련한 행복감'만 머리 주위를 맴돈다.

진정한 행복은 '현재'에 있다. 그래서 우리는 현재를 잡아야 한다. '너서분한 일상'을 정면으로 맞닥뜨려야 한다. 그러면 거기엔 기적 같은 행복들이 있다.

'인간은 자신이 행복하다는 것을 모르기 때문에 불행하다.'

임제 선사는 '기적이란 물 위를 걷는 게 아니라 땅 위를 걷는 것'이라고 말했다.

우리가 진정으로 행복하려면 이러한 '일상의 기적'을 생생하게 느껴야 한다. 그리고 삶의 고통이 올 때는 온 몸으로 받아들여야 한다.

그러면 우리 몸이 고통을 받아들이는 힘을 발휘한다. 작은 고통을 받아들이다 보면 큰 고통도 극복할 수 있게 된다.

비로소 우리는 '행복한 사람'이 된다.

'불타는 금요일'엔 전혀 불이 타지 않는다. 불은 우리 안에서 타올라야 한다. 우리 안의 혼이 타올라야 한다.

우리 몸 밖에서 활활 타오르는 불은 우리 몸속을 점점 더 차갑게 하고 허허롭게 할 뿐이다.

아주 오래 전, 노래꾼 김광석은 밤거리의 폭주족들을 향해 절규하였다고 한다.

"아껴라, 제발 아껴라. 니들의 청춘이 그렇게 허비되기엔 니들이 너무 아까운 젊음이다. 그러니 제발 막 버리지 말고 아껴라."

여자식으로 바둑판을 놨다가
남자식으로 수를 두는 날들이 있었다
여자식으로 씨를 뿌렸다가
남자식으로 추수를 하는 날들이 있었다
여자식으로 뿌리를 내렸다가
남자식으로 꽃피는 날들이 있었다
남자식으로 또 여자식으로
커다란 대문에는 빗장을 지르고
담장을 넘어가는 가지를 잘랐다
이 온전한 평화
이 온전한 행복
〔......〕

왜, 왜 사느냐고 메아리치는 강변에
여자 홀로 바라보는 배가 뜨고 있었다

  – 고정희,《위기의 여자》부분

우리는 남자식으로 여자식으로 하루하루를 버틴다. '이 온전한 평화/ 이 온전한 행복을 위하여.'

하지만 '왜, 왜 사느냐고 메아리치는 강변에'서 망연히 배가 뜨는 것을 바라보게 된다.

언제까지 우리는 이렇게 버틸 수 있을까?

아빠를 부탁해

좋은 아버지는 없는 법이다. - 장 폴 사르트르

한 중년 여인이 며칠 전에 돌아가신 친정아버지를 얘기하며 울먹인다. 21년 만에 관 속에 누워 계신 해골이 되신 아버지 얼굴을 봤단다.

"술만 드시면 어머니와 우리들에게 마구 폭력을 휘둘렀어요. 그래서 우리 자매들이 다 부부 사이가 안 좋은 것 같아요."

하지만 우리는 알아야 한다. 이 세상에 '좋은 아버지'는 없다는 것을.

흔히 자상하고 사랑을 듬뿍 준 아버지를 좋은 아버지로 생각한다.

우리는 그런 '이상적인 아버지상' 때문에 힘들다. 머릿속에만 있는 그런 허상의 아버지 때문에 '나쁜 아버지'를 둔 딸들이 고통을 당하는 것이다.

좋은 아버지를 가졌다고 하는 딸들을 잘 관찰해보자. 실상이 어떤지.

많은 경우에 딸들은 '귀여운 애완견', '예쁜 인형'이 되어 있을 것이다.

진정한 사랑은 한 인간의 본성을 깨우고 북돋워 주는 것이다. 그래서 한 인간을 성숙하게 하여 행복하게 살게 하는 것이다.

'좋은 아버지들'이 이런 사랑을 주었는가?

어른이 되어서도 '사랑을 듬뿍 준 아빠'를 벗어나지 못한 '어른 아이들', 언뜻 보면 이들은 행복하게 보인다.

그들은 미성숙한 아이들이라 항상 깔깔거리고 웃으니까.

하지만 그들의 속은 허하다. 그래서 그들은 혼자 조용히 있는 것을 견디지 못한다. 항상 즐거운 것들을 찾아 불나비처럼 날아다닌다. 집에 오면 쓰러진다. 허무감에 진저리친다.

이 세상의 '나쁜 아버지'를 둔 모든 딸들은 알아야 한다. '좋은 아버지'는 없다는 것을. 아버지라는 존재는 딸을 '가부장 사회로 납치한 유괴범'이라는 것을.

　아주 어렸을 적, 혼자서 별들의 놀이터에 있을 때였다
　그는 어디로부턴가 와서 알 수 없는 곳으로
　나를 끌고 갔다
　내가 두려움에 떨며 처음 울음을 터뜨린 곳은
　어느 낯선 집 차가운 요람 속이다
　그의 말로
　그는 세상에서 덧셈을 가장 잘하는 사람이다
　수만 개의 돌을 쌓아 도시를 만들었다
　수만 개의 물방울을 모아 저수지를 만들었다
　수만 개의 불꽃은 타고 화성에도 다녀왔다

　유괴범, 그에게는 덧셈의 가업을 이을 장자가 필요하다
　유괴범, 그의 이름은 아버지다
　유괴범, 그는 나를 좁은 철창에 가두었다

　- 진은영, 《유괴》 부분

임제 선사는 말했다. "…… 부모를 만나면 부모를 죽여라!"

'마음속에 머물고 있는 아버지'를 죽이고 한 인간으로서의 아버지의 맨얼굴을 볼 수 있을 때 비로소 부녀관계는 '사랑의 관계'가 될 수 있을 것이다.

엄마를 부탁해

저울의 한쪽 편에 세계를 실어 놓고 다른 한쪽 편에 나의 어머니를
실어 놓는다면, 세계의 편이 훨씬 가벼울 것이다. – 랑구랄

영화 '마더'를 보았다. 나는 이 영화에서 어머니(mother)
가 살인범(murderer)이 되는 처절한 과정을 보았다.

영화를 보는 내내 나는 내 어머니를 생각했다. 한평생 자식
을 사랑하신 고귀하신 나의 어머니. 어머니께서는 젊으실
때 항상 말씀하셨다. "너희들만 다 키우면 천리만리 날아갈
거다!"

하지만 우리가 다 컸을 때는 걸어 다니기도 힘들어 하셨다.
멍한 눈빛으로 먼 산만 바라보셨다. "엄마, 하고 싶은 게 뭐
야?" "나 하고 싶은 게 아무 것도 없단다." 자식들을 극진히
사랑하신 어머니는 자신을 죽이고 사신 것이다.

남을 죽이는 것도 살인이지만 자신을 죽이는 것도 살인이

다. 어느 날 한밤중에 어머니께서 일어나셔서 기도를 하셨다. 살려달라고 부처님께 간구하고 계셨다. '아. 어머니께서는 자신으로 한 번 살아보고 싶으셨던 것이다!'

나는 옆에서 말없이 눈물만 흘렸다. 몇 달 뒤 어머니께서는 돌아가셨다. 한평생이 얼마나 한스러우셨을까? 이 세상은 잔혹하게 어머니를 살해한 것이다. 어머니를 교사한 이 한국 사회.

영화 '마더'의 어머니도 이 땅의 보통 어머니다. 자식을 위해 억척스럽게 살아간다. 사는 게 너무 힘들어 자식과 함께 자살하려 5살 난 아들에게 농약을 먹이기도 한다. 하지만 농약을 너무 적게 타 아들은 죽지 않고 깨어난다.

이것을 큰 아들은 어느 날 우연히 다 기억해 내고 엄마에 내한 증오심으로 불타게 된다. 이런 증오심은 한국의 모든 자식들에게 있지 않을까? '너만 잘 되거라.'하는 엄마의 사랑. 이 사랑은 남을 죽이는 사랑이다.

자신의 자식을 명문대에 합격하게 해달라고 비는 기도는 남의 자식을 명문대에 떨어지게 해달라고 비는 기도와 다를 바 없지 않는가? 실력만큼 대학에 가게 해 달라고 하는 기도는 들어본 적이 없다.

우리가 고귀하다고 찬미하는 어머니의 사랑이라는 게 얼마나 섬뜩한 것인가? 이런 어머니들에게 자식들이 효도하고 싶은 마음이 생길까? 많은 학생들이 자살하고 자살하지 않더라도 세상에 대한 커다란 반감을 갖고 살아간다.

이 세상의 잔혹함이 어머니를 통해 사랑이라는 이름으로 전해진 것이다. 그래서 나는 이 땅의 어머니의 사랑이 슬프다. 보편적 사랑으로 확대되지 않는 사랑은 진정한 사랑이 아닌 것이다.

평소에 사고만 치는 어리숙한 아들 도준은 어느 날 술에 취해 한 여고생의 뒤를 따라가게 된다. 그는 도망치는 여고생에게 '남자가 싫어?'라고 묻는다. 엄마에 대한 반감이 느껴지는 부분이다.

폐가에 몸을 숨긴 여고생이 "바보 새끼야!"라는 말을 하자 순간적인 분노를 이기지 못해 여고생을 살해하고 만다. 어머니의 왜곡된 사랑을 받은 아들은 이렇게 될 수 있는 것이다.

어머니가 아들을 사랑하지 않은 것은 아니다. 항상 노심초사 자식을 위해 살아간다. 이 고귀한 사랑이 어떻게 무서운 범죄가 되는지를 이 영화는 아주 상세히 보여 준다.

어머니의 위대한 사랑이 모든 이 땅의 자식들을 사랑하는 보편적 사랑으로 확장될 수 있다면 얼마나 좋을까? 이 사랑이 이 땅의 하늘에 가득 꽃으로 피어난다면 이 세상은 얼마나 눈부시게 빛날까? 향기로울까? 나는 어머니역의 김혜자의 탁월한 연기를 보며 속으로 울었다.

어머니는 자식을 구명하기 위해 눈물겨운 노력을 한다. 그 뒤 살인범으로 감옥에 갇힌 아들은 다른 이가 누명을 쓰고 대신 감옥에 가게 되며 출옥한다. 도준은 이제 잃어버렸던 기억을 되찾아 예전의 도준이 아니다.

그는 엄마가 고물상 할아버지의 입을 막기 위해 그를 살해했음을 알게 된다. 고물상 할아버지는 도준의 살해 장면을 목격한 증인이었던 것이다. 자식을 위해서라면 살인도 마다하지 않는 이 땅의 어머니! 이게 고귀한 모성이란 말인가?

불타버린 고물상을 뒤지는 도준. 그는 엄마가 살인범임을 알게 된다. 그는 어머니에 대한 복수를 꿈꾸어 왔던 것이다. 어머니의 사랑은 결코 진정한 자식 사랑일 수 없었던 것이다. 끔찍이 사랑한 자식에게 복수당해야 하는 어머니. 이 땅의 어머니의 슬픈 운명이다.

도준은 엄마를 관광을 보내주면서 엄마에게 고물상 할아버지의 불탄 집에서 엄마가 잃어버린 침통을 건네준다. 엄마가 살인범이라는 것을 알고 있는 아들. 아들은 눈빛으로 말했다. '엄마는 살인범이야! 나를 죽이려고 했잖아! 고물상 할아버지를 죽였잖아!'

엄마는 관광버스 안에서 침으로 허벅지를 찌른다. 엄마는 모두 잊어버리고 싶은 것이다. 미친 듯이 춤을 춘다. '엄마가 한 일은 너를 사랑한 것뿐이야!'

아, 그런데 엄마는 분명히 살인범이 아닌가? 아들을 사랑하는 것이 아들을 죽이려 하고 사람을 죽이게 되는 이 땅의 엄마의 비극! 고귀한 엄마의 사랑이 살인이 되는 이 아이러니!

　어머니의 뼈는
　피리가 되었다

　속이 빈 피리
　어머니의 뼈는

　〔......〕

　구십 년 세월을

노래로 푼다.

  – 허영자, 《피리》 부분

아, 이 땅의 엄마를 누구에게 부탁해야 할까? 어느 누가 엄마를 받아줄 수 있을까? 잔혹한 이 사회가 엄마를 받아줄 수 있을까?

나는 예나 지금이나 엄마를 살인범으로 만드는 이 세상에 대해 너무나 큰 분노와 서글픔을 느낀다. 아, 이 땅의 가엾은 어머니들이여!

일과 인간관계

인간은 자신의 본성을 잘 발현할 수 있는 사회에서 행복하다.

– 아리스토텔레스

일하는 것은 어렵지 않은데, 인간관계가 힘들다는 말을 많이 듣는다. 나도 가장 힘 드는 게 인간관계다. 하지만 일과 인간관계가 분리되는가?

인간 세상에서는 일이 곧 인간관계다. 인간관계가 힘들다는 건, 사회적 존재로서의 능력이 부족하다는 것이다.

왜 이렇게 다른 동물들은 그렇지 않은 것 같은데, 인간은 서로간의 관계가 이리도 힘들까?

그것은 본능으로만 사는 다른 동물들과 달리 인간에게는 '본성'이라는 게 있기 때문이다.

본성은 인간이 동물에서 진화해 인간사회를 이루고 살면서 형성된 인간의 '원초적인 마음'이다. 그 마음은 자신만 위하는 '본능적인 생존'이 아니라 남과 더불어 살아가는 '사랑'이다.

따라서 인간은 본능적으로 이기적인 존재이면서 동시에 본성적으로 '자리이타(自利利他)적인 존재'이다. 자신도 위하고 남도 위하는 존재이다.

만일 인간이 본능적으로만 산다면 인간 세상은 파멸하고 만다. 지능이 있는 인간이 본능적으로 산다면 끝없는 탐욕에 빠져 버리기 때문이다.

하지만 인간이 본성을 다 깨운다면 인간 세상은 무한히 아름다울 수 있다. 본성을 다 깨운 인간은 본능을 극복하고 남을 위해 자신을 희생하는 이타적인 존재가 되기 때문이다.

인간에게 가장 중요한 일은 인간의 본성을 깨우는 것이다. 본성을 깨우면 인간은 저절로 자신의 일을 알아서 할 줄 알고 남을 배려할 줄 안다.

본능적으로 사는 동식물 세계가 지극히 아름답듯이 본성적으로 사는 인간 세계도 지극히 아름답게 된다.

일은 쉬운데 인간관계가 어렵다고 하는 사람은 자신의 본성의 힘을 몰라서 그렇다.

자신의 본성을 깨워 본 사람은 자신을 믿는다. 본성이 있는 다른 사람들도 믿는다.

그는 본능에 지배되어 악마가 된 사람들도 본성이 있고 언젠가는 본성이 깨어날 수 있다는 것을 믿기에 인간관계가 그다지 힘들지 않다. 언젠가는 인간 세상이 낙원이 될 수 있다는 것을 믿는다.

얼굴에 맞이하는 서늘한 바람에 봄기운이 돌아오네
맑디맑은 하늘빛은 의구하니 머니
비로소 나의 본성이 어디로부터 왔는지 알겠네.

- 서화담, 《창문을 열고 읊음》 부분

우리의 마음을 고요히 하면 본성이 깨어난다. 모든 것을 품는 큰 바다 같은 마음이. 우주만큼 큰마음이.

마음이 흔들리면 본능이 깨어난다. 자신의 안위만 위해야 할 것 같은 착각이 일어난다.

놀이가 너희를 자유케 하리라

내 일생에서 일을 한 날은 하루도 없었다. 모두가 나에겐 재미있는
놀이였기에. -토머스 에디슨

지난주부터 중고등학생 대상의 인문학 강의를 하고 있다.
성인 대상의 강의는 자신이 있는데 그들은 자신이 없었다.
그들이 싫어(?) 교사직을 그만둔 내가 아닌가? 나는 수업 시
간에 마구 날뛰는(?) 그들이 버거웠다. 매시간 마다 소리 지
르고 화를 내는 게 견딜 수 없었다. 교직을 그만둔 후 성인
대상의 강의를 하면서는 소리 지르고 화낼 일이 없었다. 그
들은 알아서 경청했다. 강의하고 나면 내가 업되는 느낌이
었다.

그러다 20여년이 흐른 후 다시 그들 앞에 서게 된 것이다.
강의 요청이 왔을 때, 거부할까 싶었다. 하지만 해보고 싶
었다. 나이 들어서 인가? 아이들이 귀여워 보이기 시작했기
때문이었다.

첫날 강의실에 들어섰을 때, 나는 조용히 정좌해 있는 그들이 두려웠다. 한 아이만 핸드폰을 만지작거리고 있을 뿐, 다들 말없이 앉아 있었다. '이 녀석들에게 무슨 말을 한단 말인가?' 강의 주제는 '자신의 삶의 주인이 되자'는 것인데. 나는 커다란 벽 앞에 선 느낌이었다.

인사말을 하고, 각자 소개를 시키고, 강의를 하는데, 나와 아이들이 겉돌았다. 내 말만 강의실 안을 웅웅거리며 흘러 다녔다. 아이들이 낯설게 느껴졌다. '아, 이러면 안 되는데...... .' 무표정하게 앉아 있는 그들을 보며 나는 아이들에게 사과하고 강의실을 뛰쳐나가고 싶었다. '항상 명강의(?)를 한 내가 아닌가? 이게 뭐야?' 온 몸에서 힘이 다 빠져나갔다.

한 시간이 지나 쉬는 시간이 되었다. 강의 진행자가 간식을 들고 들어왔다. 강의 진행자는 간디 학교 출신의 청년이었다. 대학 진학을 포기하고 노래 운동을 하겠다는 특이한 젊은이였다. 부모님은 충분히 재력이 있는데, 자녀 뜻대로 한다는 게 쉽지 않았을 것이다. 하지만 그의 얼굴을 보면 그의 뜻대로 해도 될 것 같은 생각이 든다. 수강생 중에도 3명이 대안학교 학생이었다.

쉬는 시간이 끝나고 다시 강의가 시작되었다. 나는 강의 진행자를 소개하고 대안 학교에 대해 얘기를 하며 강의를 끌어갔다. 강의 분위기가 조금 풀리기 시작했다. 하지만 전체적인 분위기는 여전히 한겨울의 얼음 같았다. 나는 자포자기하는 심정으로 혼자 큰소리로 열강(?)을 했다. 학생들이 듣거나 말거나 내 할 말만 마구 지껄였다. 아마 강의 전에 마신 막걸리 기운이 없었더라면 이렇게 하지 못했을 것이다. 나는 건강이 안 좋아 강의 전에 자주 막걸리를 마시고 강의를 한다. 그러면 피곤한 줄도 모르고 열강을 하게 된다.

두 시간의 강의가 끝났다. 나는 '휴-' 한숨을 내쉬며 아이들을 둘러보았다. 아이들은 여전히 목석처럼 앉아 있었다. '강의 실패야. 이런 걸 강의라고 할 수가 있나?' 나는 의례적으로 학생들에게 물어보았다. "오늘 공부하느라 수고 많았어요. 강의에 대한 느낌을 말해 보세요." 그러자 초등학교 6학년이라고 소개한 남자 아이가 "재미있었어요."하는 게 아닌가?

중고등학생 대상의 강의인데, 어머니가 성숙한 아이라며 보냈다고 한 아이였다. '헉!' 나는 그의 말에 놀라 "정말? 그럴 리가 있나? 내가 생각해도 정말 재미없는 강의인데." 나는 웃음기 어린 말투로 그에게 말했다. 그러자 그가 진지하게 재미있었다고 말하는 게 아닌가? '세상에, 이런 일이?' 나는 강의 진행자와 눈빛을 나누며 웃었다.

다음 강의에 갔더니 주최 측 분들이 아이들이 강의가 재미 있었다고 하더란다. 나는 놀라면서도 그 이유를 생각해 보았다. '아, 어쩌면 아이들은 인문학에 목말라 있었던 게 아닐까? 재미없는 강의지만 강의 내용이 그들의 타는 목마름을 씻어주었던 게 아닐까?' 나는 강의실에 들어서며 자신감을 가졌다. '그래, 내 생각을 마음껏 얘기해 보자!'

나는 여유 있게 웃으며 '사람은 노는 존재'라는 주제의 강의를 했다. 초등학교 6학년 남자아이에겐 '천재 아이'하며 농담도 했다. "놀아야 해요! 사람은 일하는 존재가 아니야! 인간은 놀이하는 존재야! 여러분은 평생 놀아야 해요!" 나는 열변을 토하다가 질문을 했다. "여러분은 내가 지금 일하는 것 같이 보여요?" 아이들은 히죽히죽 웃기만 했다. 나는 빙그레 웃으며 말했다. "나는 지금 놀고 있어요. 그런데 신나게 놀고 나면 돈도 주네요!"

나는 인간은 원시인 때부터 신나게 노는 게 일상적 삶이었다는 얘기를 했다. "인류 역사에서 18세기까지는 인간은 거의 놀며 살았어요. 일상이 축제였죠. 그런데 산업사회, 자본주의가 되면서 인간은 일하는 존재가 되었어요. 기계처럼 장시간 일하게 되었죠. 우리는 인간은 일하는 존재가 아니라는 걸 먼저 알아야 해요." 아이들은 심각하게 듣고 있었다.

나는 신나게 놀면서 먹고 살 수 있는 길이 있다는 얘기를 했다. 내가 우리 아이들 기른 경험도 얘기해줬다. 무작정 시골에 가서 아이들을 마음껏 놀게 한 얘기, 7년을 그렇게 보낸 후 다시 도시에 와서 살았지만 고3때 외에는 학원은 일체 보내지 않은 얘기, 그 이유는 사람은 10대에 놀 수 있는 힘을 갖지 못하면 평생을 불행하게 살 수밖에 없다는 걸 알았기 때문이라는 얘기를 했다.

"저도 사람은 꾸역꾸역 일하며 살다 '사는 게 뜬구름 같네.' 하며 죽어가는 건 줄 알았어요. 그런데 인문학을 공부해보니까 그게 아니더라고요. 삶은 매순간 피어나는 꽃이었어요. 나는 이 세상에 속아 살아 왔던 거예요. 그게 진짜 삶이에요. 여러분은 평생 그렇게 살 수 있어요." 나는 훨씬 부드러워진 강의실 분위기를 느끼며 열강을 했다.

강의는 다음 주에 한번 남았다. 그때는 '어떻게 한 세상을 놀면서 즐겁게 살 것인가?'에 대해 구체적으로 강의를 하려고 한다. 만일 내가 지금의 생각을 중학교 때 했더라면 나는 농고를 갔을 것이다. 자연 농법으로 농사를 지으며 춤과 글을 깊이 공부했을 것이다. 그렇게 했다면 나는 지금보다 훨씬 더 깊은 삶의 비의에 도달할 수 있었을 것이다.

30대 후반에 직장을 그만두고 '놀이'를 택한 나의 삶, 천만
다행이다. 일하는 존재로 살았다면 어떡할 뻔 했나? 지금쯤
로봇처럼 직장에 다니거나 명퇴 당해 집에서 '옛날에 옛날
에...... .'를 중얼거리며 살아가고 있겠지. 나는 삶은 질이지
결코 양이 아니라는 걸 안다. 공자는 '아침에 도를 들으면
저녁에 죽어도 좋다'고 하지 않았던가?

삶은 눈부시게 빛나는 꽃이라는 걸 나는 안다. 아직 내 혼은
시들어 있지만 물과 거름을 꾸준히 주면 빛과 향을 가득 내
뿜는 꽃으로 피어난다는 걸 나는 안다. 어느 순간 나는 소스
라치게 그 빛과 향을 느낄 때가 있다.

　4층에서 1층까지
　계단은 심심하다
　그래서 그런지,
　아이들이 버린 껌종이와 부서진
　장난감이 계단 위에서 나뒹군다

　　– 윤희상, 《계단이 더러워진 진짜 이유》

우리는 계단이 더러워진 이유를 안다. '아이들이 버린 껌종이와 부서진/ 장난감' 하지만 진짜 더러워진 이유는 시인만이 안다.

시인의 감성이 시인에게만 있을까? 우리가 늘 허무감을 느끼는 건, 우리가 시인이 못 되기 때문이다.

저작권 유감

이 세상에 내 것은 하나도 없다. – 프란치스코

인터넷 여행을 하다가 내 글을 발견할 때가 있다. 얼굴이 화끈거린다. '내 글을 좋아하는 분들이 있구나!' 내가 만일 '유명작가'였다면 짜증이 나고 화가 났을까? '왜 남의 글을 함부로 도둑질 해?'

하지만 무명작가인 나는 남들이 내 글을 읽어주는 것만으로도 고맙다. 그리고 남들과 소통하고 있다는 큰 기쁨을 느낀다. 나는 글은 남과 더불어 나누어야 한다고 생각한다.

왜냐하면 글은 혼자 창조한 게 아니기에 그렇다고 생각한다. 글뿐 아니라 세상의 모든 것들은 서로 만나며 어떤 것들이 만들어지지 나홀로 탄생하여 존재하는 것은 없다.

그러므로 무엇을 소유한다는 것 자체가 사실은 말이 안 된다. 땅을 소유한다는 개념이 없었던 인디언들을 생각해 보

라. 그들의 사고가 지극히 정상이 아닌가? 무엇을 소유하여 살아가야 하는 우리는 지극히 비정상적이다.

무엇을 소유하게 되면 거기에 온통 마음이 다 팔린다. 삼라만상과 교류하며 즐거워해야 할 마음이 '소유'에 마음이 꽁꽁 묶여 기분(氣分 - 氣가 잘 나눠分있는 것)이 안 좋게 된다. 마음(氣)은 골고루 잘 분포되어 있어야 하는 것이다.

셰익스피어의 명저들도 옛이야기에서 아이디어를 얻은 것들이다. 괴테의 파우스트도 그렇지 않은가? 우리 민족문학의 최고봉이라 일컫는 홍명희의 임꺽정도 옛이야기에 기초를 두고 있지 않은가?

책을 읽다가 '아!' 하고 감탄하는 문장들은 대개 그 책의 저자가 독창석으로 쓴 문장이 아니리 어디 다른 글에서 따온 글들이었다. 그 다른 글들의 저자는 또 어디서 그 문장을 얻었을까? 그렇게 따져 들어가면 글이라는 것은 누구의 소유가 될 수 없다. 글은 세상의 공기처럼 우리가 함께 마시고 나눠야 하는 우리 모두의 것이다.

나는 책에서 만나는 명문장보다 더 뛰어난 문장들을 일상에서 가끔 만난다. 오래 전에 밤에 김천에서 시외버스를 타고 고향 상주에 간 적이 있다. 캄캄한 밤공기를 뚫고 나가는 버스 안은 답답했다. 오일장에 다녀오는 아주머니 장꾼들이 몇 분 있었다.

나는 궁금했다. 그들이 어떻게 할까? 나같이 먹물이 조금이라도 든 사람은 이런 상황을 묵묵히 견딘다. 그게 교양이라고 배워 몸이 딱딱하게 굳어 버렸다. 하지만 일상을 몸으로 살아가는 장꾼들은 다르다. 그들은 어떻게 하든지 이 경직된 상황을 풀 것이다.

왜 이 좋은 세상에 딱딱하게 굳어서 산단 말인가? 그들은 이 지극히 당연한 지혜를 몸으로 익혔다. 나는 호기심 가득한 눈으로 그들을 지켜보았다. 역시나 한 아주머니가 말을 풀어놓기 시작한다.

덜컹거리는 버스 소리에 리듬이 실린 그 말을 운전기사가 받고 운전기사가 공을 던지듯 말 한마디를 띄워 보내면 또 다른 아주머니가 받았다. 그들이 말을 주거니 받거니 하자 버스는 갑자기 배로 바뀌었다.

출렁출렁 바깥은 바다가 되고 버스는 배가 되어 신나게 앞으로 나아갔다. 나는 칠흑의 바다를 떠갔다. 창밖으로는 등대 불이 반짝였다. 기분이 너무나 좋았다. 눈을 지그시 감고 즐기는 이 뱃놀이! 이 상황을 녹음하여 글로 옮기면 명문장이 될 것이다. 그렇다면 이 명문장은 누구의 것인가? 녹음한 자의 것인가?

글을 쓰는 작가라는 건 수집가일 뿐이다. 땅을 파서 보석을 얻는 것처럼. 세상이 온통 소유로 가득하지만 글만큼은 소유가 되지 말았으면 좋겠다. 인터넷이 생기면서 좋은 글들을 인터넷에서 쉽게 만난다. 인터넷 여행하는 재미다.

그런 좋은 글들은 여러 사람들과 함께 나누고 싶다. 하지만 그런 행위는 저작권 침해가 된다. 혼자 읽고 좋아해야 하는 이 이기주의! 글에서는 나눔의 즐거움을 얘기하면서 정작 삶은 자신만을 챙겨야 하는 이 모순!

'그럼 전업 작가는 어떻게 살아가야 한단 말인가? 글쓰기에 대한 보상은 없이도 되는 건가?' 이런 문제들은 국가 차원에서 연금을 준다든가, 기본소득제를 통해 해결되었으면 좋겠다.

글을 소유하는 작가라는 건 끔찍하다. 더불어 함께 살아가자고 주장하면서 자기 글을 꼭꼭 가슴에 품고 돈을 받고 파는 게 맞는가? 무소유를 주장하는 글을 써서 소유를 하는 게 맞는가? 고매한 정신을 얘기하며 원고 한 매당 얼마를 계산해야 하는 게 맞는가? 아니 그 글들이 정말 그 작가의 것인가?

　　우리는 매일 표절 시비를 벌인다
　　네 하루가 왜 나와 비슷하냐
　　〔……〕
　　밤 전철에서 열 사람이 연이어 옆 사람
　　하품을
　　표절한다

　　– 김경미, 《표절》 부분

같은 공기를 마시니 하품도 함께 한다. 같은 언어 속에서 살아가면서 나의 언어라는 게 있을 수 있는가?

10부

결혼

결혼만큼 본질적으로
자기 자신의 행복이 걸려 있는 것은 없다.
결혼 생활은 참다운 뜻에서 연애의 시작이다.

– 볼프강 폰 괴테

결혼

결혼만큼 본질적으로 자기 자신의 행복이 걸려 있는 것은 없다.

결혼 생활은 참다운 뜻에서 연애의 시작이다. – 볼프강 폰 괴테

어떤 상대와 결혼을 해야 할까? 사랑은 기본일 것이다. 사랑 없이 결혼하면 분명히 그 대가를 톡톡히 받게 될 것이다.

서로 사랑하지 않으면서 어떻게 긴긴 세월을 함께 살아갈 수 있겠는가?

하지만 결혼은 사랑만 갖고는 안 될 것이다.

필수 옵션이 있다.

가치관이다.

꽃밭에서 어떤 꽃을 심을 것인가로 싸우면 그 부부는 잘 살게 된다고 한다. 하지만 자동차를 살 때 어떤 차로 살 것인가로 싸우면 그 부부는 잘 살지 못할 것이라고 한다.

왜 그럴까? 꽃밭에서 꽃을 심을 때, 어떤 꽃을 선택하건 돈 차이는 별로 나지 않을 것이다. 서로의 취향을 존중해 줄 수 있다.

하지만 자동차는 다르다. 어떤 자동차를 선택하느냐에 따라 돈이 크게 차이가 날 것이다. 그런 취향을 서로가 받아주기는 힘들 것이다.

즉 돈을 갖고 싸우는 부부는 행복하게 살기가 힘들 것이라는 것이다.

결혼을 앞둔 청춘남녀라면 귀담아 들어야 할 아주 귀중한 말이라는 생각이 든다.

　사랑한다고 말하면서
　부둥켜안고 서로 목을 조르는 버릇이 있다

　- 최승호,《오징어3》부분

얼마나 안타까운 일인가! 사랑한다고 말하면서, 아니 분명히 사랑하는데, 부둥켜안고 서로 목을 조르게 되다니!

사소한 돈에 대한 가치관의 차이가 그들을 오징어 부부가 되게 했을 것이다.

사랑

사랑은 어떤 형태의 진리가 구축되는 하나의 경험이다.

– 알랭 바디우

우리는 TV 드라마에 '재벌2,3세와 가난한 여자'가 나오면 대뜸 '신데렐라 콤플렉스'로 해석한다.

언뜻 생각하면 맞는 것 같은데, 정말 맞는 말일까?

그런 드라마의 컨셉이 계속 변주되는 것은 이 시대의 왕족, 재벌에 속하고 싶은 우리의 열망 때문일까?

영원한 성춘향과 이도령의 사랑, 신데렐라 콤플렉스일까?

인간은 동물에서 진화하면서 '공감하는 힘'이 생겼다. 다른 존재와 같은 감정을 느끼는 것. 다른 생명체들은 공감하는 힘이 없다.

이 공감의 힘 때문에 인간은 사회를 이루고 문화를 꽃 피울 수 있었다.

그런데, 왜 우리는 인간 사이를 가로막는 신분의 벽을 인정해야 하나?

평강 공주는 바보 온달을 사랑한다. 사랑은 신분의 벽을 일거에 허물어 버린다.

우리는 감동한다. 왕가에 진입하는 바보 온달 때문이 아니라, 신분의 경계를 단번에 무너뜨리는 위대한 사랑의 힘 때문에.

그래서 바디우는 말했다. "사랑은 어떤 형태의 진리가 구축되는 하나의 경험이다."

삼라만상을 보면 신분이라는 건, 애초에 없다. 서로 간에 어떤 경계도 없다. 그런데 왜 인간사회에만 인간을 갈가리 찢어놓는 신분질서가 있는 건가?

사랑은 원수인 가문끼리도 화평하게 한다. 로미오와 줄리엣의 사랑이 없었다면 불가능했을 기적이 일어나는 것이다.

나타샤를 사랑은 하고

눈은 푹푹 나리고
나는 혼자 쓸쓸히 앉아 소주를 마신다
소주를 마시며 생각한다
나타샤와 나는
눈이 푹푹 쌓이는 밤 흰 당나귀 타고
산골로 가자 출출이 우는 깊은 산골로 가 마가리에 살자

눈은 푹푹 나리고
나는 나타샤를 생각하고
나타샤가 아니 올 리 없다
언제 벌써 내 속에 고조곤히 와 이야기한다
산골로 가는 것은 세상한테 지는 것이 아니다
세상 같은 건 더러워 버리는 것이다

— 백석, 《나와 나타샤와 흰 당나귀》 부분

그렇다. 사랑은 '세상 같은 건 더러워 버리는 것이다.' 이 세
상의 모든 가치들, 질서들을 더러워서 버리는 것이다.

허허벌판이 된 세상에 새로운 싹을 틔우는 것이다.

희생제의

한 사람을 구하는 것은 전 세계를 구하는 것이다. - 탈무드

모 시청 신입 공무원 26세 A씨가 극단적 선택을 했다고 한다. 발령받은 지 3개월 만에 휴직 신청을 하루 앞두고 극단적 선택을 했다는 것이다.

그는 1시간 일찍 출근해 상사가 마실 물과 차, 커피 등을 준비하라는 지시를 받았는데, 그가 이를 거절하자 괴롭힘을 당했다고 한다. 그는 그 후 집단 따돌림을 당하며 '투명인간'이 되어야 했다고 한다.

프랑스의 문화인류학자 르네 지라르는 그의 저서 '폭력과 성스러움'에서 '희생양 이론'을 편다.

우리 사회는 사람을 한 줄로 세운다. 학교에서는 공부로, 사회에서는 돈으로. 모든 학생, 모든 사회구성원이 분노에 휩싸이고 극심한 스트레스를 겪게 된다.

분노가 자신보다 약한 자들에게 향하게 되고, 결국엔 한 명 또는 소수가 그 모든 분노를 짊어져야 한다. 왕따가 탄생하는 것이다.

그럼 우리 사회는 어떻게 대응할까?

한 줄 세우기를 끝낼까? 그럴 순 없다. 꼭대기에 있는 사람들은 기득권을 내려놓을 수가 없다.

그래서 그들은 폭력에 희생된 사람들을 성스럽게 만든다. 원시시대의 '희생제의'를 하는 것이다.

'평소에 착했다느니, 부모에게 효성이 지극했다느니, 이웃에게 인사를 잘했다느니' 하면서 죽은 그들을 미화시킨다.

집단폭력 가담자들은 죄책감을 들어내고, 사회는 다시 평온을 찾게 되는 것이다.

'잘못된 세상에서는 올바른 삶이 없다(아도르노).'

'우리는 아무도 누구를 심판할 수 없다. 내가 오늘을 정직하게 살았다면 그 사람이 잘못을 저지르지 않았을 것이기 때문이다(도스토예프스키).'

우리 사회의 강고한 '서열'을 깨지 않는 한, 우리는 계속 '희생제의'를 하게 될 것이다.

   호랑이 털가죽을 좋아함과 같아.
   살았을 땐 잡아 죽이려 하고
   죽은 뒤엔 아름답다 떠들어대지.

  - 조식(曺植),《생각 없이 읊다》부분

조선 시대에도 올곧은 선비들은 호랑이처럼 죽임을 당하고,
죽은 후에는 호랑이 털가죽처럼 칭송받았을 것이다.

시간

빛을 보기 위해 눈이 있고 소리를 듣기 위해 귀가 있듯, 시간을
느끼기 위해 가슴이 있다. – 미하일 엔데

호르헤 루이스 보르헤스의 소설 '끝없이 두 갈래로 갈라지
는 길들이 있는 정원'에 다음과 같은 구절이 나온다.

'시간은 셀 수 없는 미래들을 향해 영원히 갈라지지요.'

우리는 시간이 직선으로 흐른다고 생각한다. 오늘 내일 모
레....... . 올해 내년 후년....... . 근대산업사회의 시간관이다.

산업사회에서는 시간은 돈이기에, 시간을 들인 만큼 생산물
이 많이 나오기에 산업사회에서는 시간이 직선으로 보이게
된다.

인류는 오랫동안 순환의 시간관을 갖고 있었다. 오늘 하루
는 가지만 내일 다시 하루가 시작되는 것이다.

'봄 여름 가을 겨울'은 다시 '봄 여름 가을 겨울'이 되는 것이다. 농경사회의 시간관이다.

시간은 원래 가슴으로 느끼는 것이다. 삶 그 자체이다. 우리 앞에는 '셀 수 없는 미래들을 향해 영원히 갈라지는 시간'이 있는 것이다.

우리는 산업사회가 강요하는 직선의 시간에서 벗어나야 한다. 직선의 시간은 우리에게 계속 의무의 짐을 지우고 쉼 없이 앞으로 나아가라고 다그친다.

우리는 기계의 톱니바퀴가 되어야 한다. 우리는 '삶의 시간'을 잃어버린다. '살아있음의 환희'가 사라져 버린다.

니체는 인간의 정신의 변모를 세 단계로 설명한다.

묵묵히 자신의 짐을 지고 사막을 걸어가는 낙타, 어느 날 낙타는 자신의 짐을 벗어던지고 울부짖는다. "나는 자유다!" 사자가 된다. 하지만 사자는 더 나아가야 한다. 사자는 새로운 가치를 창조할 수 없다.

최고의 인간 '창조적 유희, 아이'가 탄생한다.

'어린 아이는 순수이며 망각이다. 새로운 시작이며 유희이

다. 스스로 굴러가는 바퀴이며 최초의 운동이자 하나의 신성한 긍정이다.'

아이는 자신을 쉽게 잊어버리기에 항상 '최초의 운동'이다. 아이는 늘 태초의 시간 속에 있다. 그래서 아이는 모든 게 신난다.

> 겨울 안개 길고 긴 터널
> 모든 것이 무사해서 미친 중년의 오후
> [......]
> 돌아보니 텅 빈 무대 아래
> 반수면 상태로 끝없이 삐걱이는 의자들
> 저기가 진정 내가 지나온 봄의 정원이었던가
>
>   - 문정희, 《우울증》 부분

'모든 것이 무사해서 미친 중년의 오후', 우리는 무료하다. 도무지 살아 있는 것 같지 않다. 도박을 하고, 번지점프를 하고, 팔에 칼을 긋는다.

잠시만 눈앞에 놓인 것들을 아이처럼 무심히 바라보자. '반수면 상태로 끝없이 삐걱이는 의자들' 조차도 '봄의 정원'이다.

모기 잡기

언어는 정보로서의 기호의 소통이 아니라 명령어로 기능하는 말의
전달이다. – 질 들뢰즈

늦가을인데 모기가 수시로 출몰한다. 화장실 천장이나 벽에
붙어 있을 때 잡는다. 테니스 라켓처럼 생긴 전기 모기 퇴치
기를 모기 가까이 갖다 대면 '탁!' 혹은 지지직 소리를 내며
모기가 죽는다.

생명체를 죽인다는 게 마음이 편치는 않다. 하지만 죄책감
은 느끼지 않는다. 모기는 '해충'이니까.

아마 원시시대에는 해충이라는 말이 없었을 것이다. 그래서
원시인들은 감히 모기를 죽일 생각을 하지 못했을 것이다.

모기에게도 거룩한 신성(神性)이 깃들여 있는데, 어떻게 거
룩한 존재를 함부로 죽일 수 있겠는가?

절에서 향을 피워 모기가 오지 못하게 하듯이, 그들도 모기를 가까이 오지 못하게 하는 여러 방법을 계발해 냈을 것이다.

우리도 해충이라는 단어만 배우지 않았어도 감히 모기를 죽일 생각을 하지 못했을 것이다.

그럼 우리 인간은 현대문명사회에서 모기보다 더 귀한 대접을 받을까?

현대과학에서는 인간의 몸도 동물의 몸과 별반 다를 바 없다고 한다. 인간은 원숭이의 한 종류에 불과하다는 것이다.

이런 과학을 신봉하는 현대사회에서 인간은 안전한가?

누군가의 눈에 한 인간이 모기처럼 성가시게 보일 때, 그는 모기를 박멸하듯이 한 인간을 퇴치할 수 있을 것이다.

그러면서도 살인을 한 사람은 벌을 주지만, 과학자에게는 벌을 주지 않는다. 그런 단어를 가르친 부모도 교사도 죄가 없다.

인간 세상 자체가 거대한 허위의 성(城)이다.

이런 세상에서 '선한 사람'이라는 말, '좋은 사람'이라는 말이 있어 우리는 부끄러움도 없이 인간답게 잘 살아간다.

  밤이 깊어도
  잠들 줄 모르는 모기들과 씨름을 하며,
  타는 듯 마는 듯 연기를 게워내는

  눈물겨워라. 뒤돌아보면
  내 모든 발자국은 지우고 싶고
  지워도 지워도 되살아나고 있는데,
  모기들은 소리지르며 저만큼 물러나고
  나는 졸음겨운 별들과 잠을 부르며
  쑥 향기에 발까지 담그고......

   - 이나명,《나팔꽃 화엄1》부분

불과 얼마 전이다. 쑥불을 피워 모기를 오지 못하게 한 게.
'잠들 줄 모르는 모기들과 씨름을 하며,'

모기를 함부로 죽이며 인간도 함부로 죽이게 되었다.

개인과 개체

너 자신을 초극하라! – 프리드리히 니체

인류 역사를 보면 인간은 오랫동안 자신의 정체성을 자신의 소속에서 찾았다. 자신이 속한 신분이 곧 자신이었다. 왕족으로 태어나면 왕족으로, 노비로 태어나면 노비로 한평생을 살았다.

그러다 18세기에 산업혁명과 시민혁명을 거치며 근대사회가 등장했다. 근대사회는 가문을 해체시켰다. '개인'이 탄생했다.

자신의 정체성을 스스로 만들어가는 시대가 열린 것이다.

하지만 고도자본주의가 등장하며 엄청난 생산력 앞에서 스스로를 만들어가지 않으려는 개인이 등장했다. '개체'가 된 인간이다. 개체는 모래알처럼 흩어진 인간이다. 세상과 관계없이 자신의 안락, 향락에만 신경을 쓰는 인간이다.

현대철학을 연 니체는 이런 인간을 '최후의 인간'이라고 했다.

그는 말한다. "너희는 인간을 초극하기 위해 무엇을 했는가? 이제까지 모든 존재는 자신을 능가하는 무엇인가를 창조해왔다."

모든 존재는 자신을 계속 업그레이드시켜 왔다. 긴 시간 동안 진화해 온 것이다. 인간도 자신을 초극하며 지금의 인간이 되었다.

하지만 이제 자신을 멈추고 현재에 만족하며 살려는 인간이 등장한 것이다. 더 이상 진화를 하지 않으려는 '최후의 인간'.

그들은 세상도 다른 사람도 신경 쓰지 않고 오로지 자신의 일신의 안락에만 몰두한다. 현대고도자본주의는 이런 인간을 부추긴다.

텔레비전 광고를 보라! 당신에게 지금 이 세상이 지상 낙원이라고 속삭이지 않는가? 그는 한평생 고된 노동을 해야 한다. 멋진 여가를 위하여!

인간은 자신을 끊임없이 초극해 가야 한다. 초인이 되어야 한다. 스스로를 발명해 가면서 다른 사람들과 연대하는 개인이 되어야 한다. 그렇지 않으면 존재를 배반한 대가를 지불해야 한다. 각종 정신 질환에 시달리다 서서히 죽어가게 된다.

　　자주 뱃사람들은 장난삼아
　　거대한 알바트로스를 붙잡는다.
　　바다 위를 지치는 배를 시름없는
　　항해의 동행자인 양 뒤쫓는 해조를.

　　바닥 위에 내려놓자, 이 창공의 왕자들
　　어색하고 창피스런 몸짓으로
　　커다란 흰 날개를 놋대처럼
　　가소 가련하게도 질질 끄는구나.

　　이 날개 달린 항해자가 그 어색하고 나약함이여!
　　한때 그토록 멋지던 그가 얼마나 가소롭고 추악한가!
　　어떤 이는 담뱃대로 부리를 들볶고,
　　어떤 이는 절뚝절뚝, 날던 불구자 흉내 낸다!

　　– 샤를 피에르 보들레르, 《알바트로스》 부분

최후의 인간들은 초인을 비웃는다. 창공을 나는 그가 지상에서는 '커다란 흰 날개를 놋대처럼 가소 가련하게도 질질 끌어야 하니' 얼마나 한심해 보이겠는가!

그들은 '담뱃대로 부리를 들볶고, 어떤 이는 절뚝절뚝, 날던 불구자 흉내 낸다!'

작년에 촉망받던 화가 부부가 자살했다고 한다. 우리 사회는 초인을 죽음으로 내몰고 있다.

제자야, 네 뺨 아픈 만큼만 아파보렴

고통은 필연이지만 괴로움은 선택이다. - 무라카미 하루키

한 선사가 임종을 맞이하여 가쁜 숨을 몰아쉬고 있었다. 제자들이 옆에 앉아 그 모습을 지켜보고 있었다.

한 제자가 스승에게 물었다.

"스승님, 깨달은 자의 경계는 무엇입니까?"

제자가 보기에 득도하신 스승의 죽음이 너무나 안쓰러웠던가 보다. 그는 해탈하신 스승님의 죽음이 이런 모습일 리가 없다고 생각했을 것이다.

앉은 채로 죽음을 맞이하거나 물구나무를 서서 열반에 드시는 게 대선사의 마지막 모습이 아니던가?

그러자 스승은 벌떡 일어나 제자의 뺨을 한 대 치고는 헉헉대다 마지막 숨을 거두었단다. 그렇게 스승은 가셨다.

제자는 무슨 생각을 했을까? 얼얼한 뺨을 만지며 제자의 머릿속에는 어떤 상념들이 오갔을까?

그 제자는 지금쯤 스승의 뜻을 알았을까? 아니면 '큰 고통'에 빠졌을까? '도대체 스승은 왜 내 뺨을 쳤단 말인가?' '도대체 죽음이란 무엇인가?' '생사의 경계를 벗어났다는 스승님은 왜 그렇게도 고통스럽게 돌아가셨단 말인가?'

석가는 '제1의 화살은 맞을지언정 제2 제3의 화살은 맞지 말라'고 했다. 석가는 고통에는 육체의 고통과 정신의 고통, 두 가지가 있다고 했다.

외부의 자극으로 느끼는 육체의 고통을 고수(苦受)라고 하고 마음으로 느끼는 정신의 괴로움을 우수(憂受)라고 한다.

선사가 가쁜 숨을 몰아쉰 것은 고수(苦受)였던 것이다. 하지만 그에게 우수(憂受)는 없었다.

우리는 육체를 가지고 있는 한 육체의 고통은 피할 수가 없다. 이것을 제1의 화살을 맞는 것이라고 한다. 하지만 정신의 괴로움은 수행의 정도에 따라 느끼지 않을 수 있다.

우리가 마음의 괴로움, 우수를 느낀다면 제2의 화살을 맞고 제3의 화살, 제4의 화살...... 을 맞는다. 불안이 계속 새로운 우수를 만들어 내기 때문이다.

  삶이란 자신을 망치는 것과 싸우는 일이다
  망가지지 않기 위해 일을 한다
  지상에서 남은 나날을 사랑하기 위해
  외로움이 지나쳐
  괴로움이 되는 모든 것
  마음을 폐가로 만드는 모든 것과 싸운다
  슬픔이 지나쳐 독약이 되는 모든 것
  가슴을 까맣게 태우는 모든 것

   – 신현림, 《나의 싸움》 부분

스승은 아픈 만큼만 아프다가 돌아가셨는데, 제자는 생사윤회의 큰 고통에 빠져 있다.

스승은 지금도 그의 귀에 속삭이고 있을 것이다. '제자야, 네 뺨 아픈 만큼만 아파보렴.'

시시詩視한 인생

초판발행 | 2022년 7월 15일
지은이 | 고석근
편　　집 | 구웅희
디자인 | rena park
펴낸곳 | 아이퍼블
출판등록 2020년 11월 24일(제 561-2020-000096호)
전자우편 | ipuble@gmail.com
정　　가 | 15,000원

ISBN: 979-11-973868-6-2(03810)

ⓒ 고석근, 2022, Published by iPuble

+ 이 책은 저작권법에 따라 보호받는 저작물이므로 무단 전재와 복제를 금지합니다.
+ 잘못 만들어진 책은 구입한 곳에서 교환해드립니다.